ขอบคุณค่ะ

khob-khun-kha

코쿤 카

vanessa kim

바네사 킴

2019년 11월, 2020년 1월

태국 치앙마이에서 있었던 일입니다.

CONTENTS
8PAGES

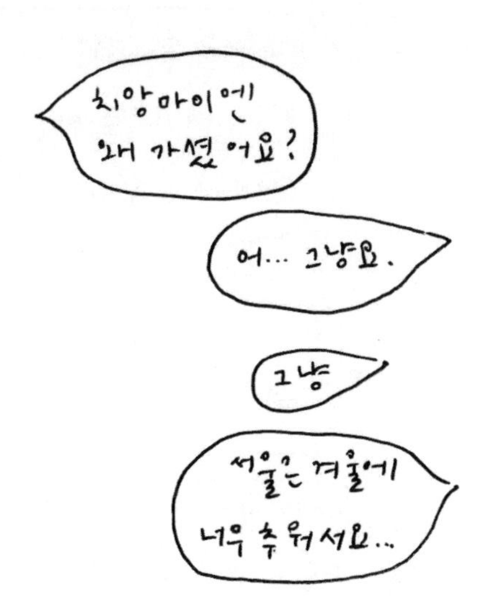
치앙마이엔
왜 가셨어요?
어… 그냥요.
그냥
서울은 겨울에
너무 추워서요…

그냥… 가끔 서울을 떠나고 싶어져요.

여행을 좋아하는 건 아닌데,
그냥, 여기 말고 다른 곳에
존재하고 싶다는 생각?

갑갑하고… 답답하고…
둘이 뭐가 다른거지? 여튼 그래요.

예전에는 한동안 서울에
2주 이상 붙어 있은 적이 없다니까요.

맞아. 그래서인지 예전에 누가
강릉에 갔다면서 혹시 저도 강릉에
있냐는 거에요. "저를 왜 강릉에서 찾죠?"
하니까 "왠지 있을거 같아서요"
하더라니까요.

또 겨울에 서울 너무 춥잖아요.
막 영하 10몇도씩 하고.
제가 또 추위를 잘 타요.

그래서 겨울엔 되도록 밖에
잘 안 나가는데,

맨날 배달음식 시켜먹고.
배달음식 1인분도 잘 없으니까
한번에 2만원은 기본이잖아요.
집에만 있는데 카드값이 정말.

그럴거면 어디 물가 싼 나라에
가도 될거 같더라고요.
비행기 값에 게스트하우스 싼데
숙소비 합쳐도 비슷할거 같기도.

아, 또 디지털노마드, 그런거
해보고 싶기도 했거든요.

사실 서울에서도 디지털 노마드급으로
사람들이랑 안 만나고 일 많이 하는데…

아. 저는 책 만들고 디자인 해요.

여하튼, 그런이유에요.
아, 왜 치앙마이냐고요?

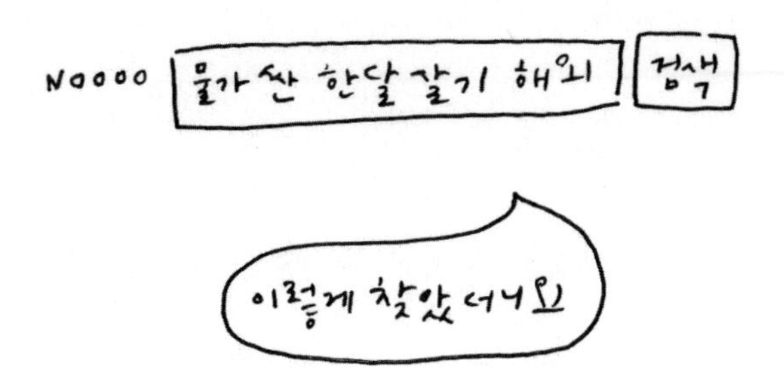

치앙마이 한달살기 : 숙소정보 모음!

치앙마이 한달살기 - 물가도 싸고...

도대체 어떤데 다들 여기 얘기하나

궁금하기도 하고, 더 찾기도 귀찮고.

SEOUL

*언리밋: Unlimited Edition, 서울아트북페어

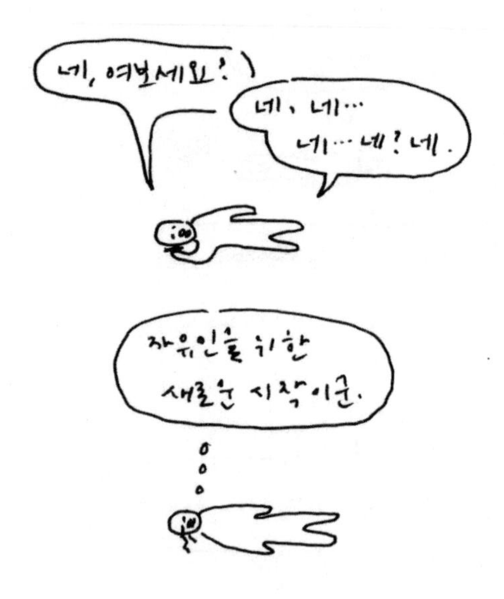

※ 생각보다 떠나기 전
해두어야 하는 일이 많았다.

떠나기 전 미팅에서

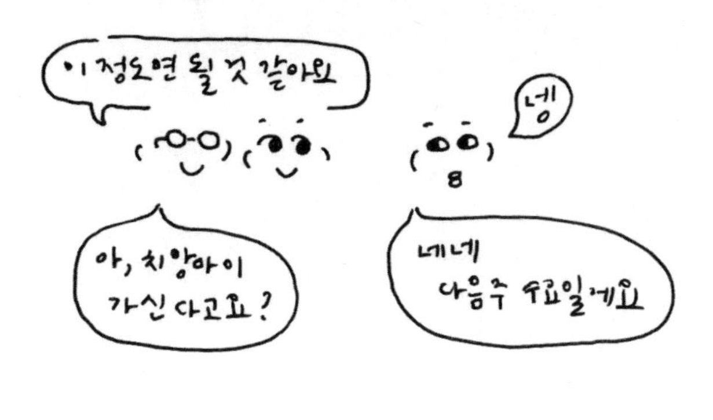

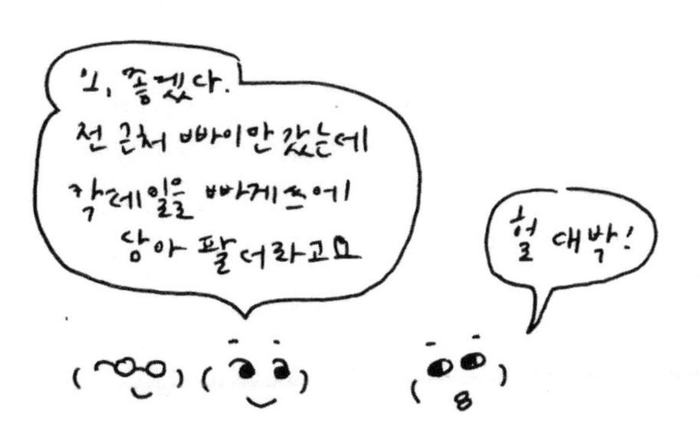

한참을 여행 이야기를 했다.

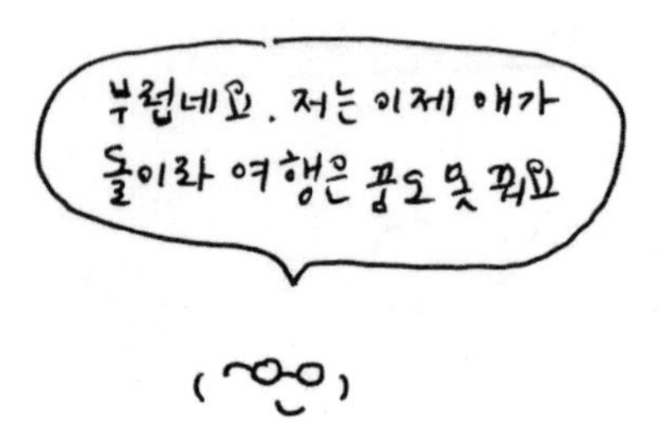
부럽네요. 저는 이제 애가 둘이라 여행은 꿈도 못 꿔요

미팅이 끝나고
빠게쓰 칵테일… 밖에 기억이 안난다.
무슨 얘기 했더라…
왜 간거더라…

또 다른 미팅
맞아, 치앙마이 가신다면서요?
넹

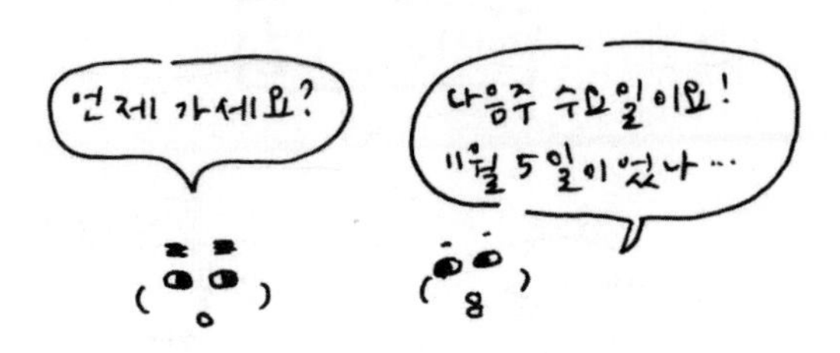

언제 가세요?
다음주 수요일이요!
11월 5일이었나…

11월 5일요?
그거 내일 아닌가요?
네?
…
…
숙소는 잡아두셨죠?
그럴리가요…
짐은?
그럴리가요…
비행기표는
끊으신 거 맞죠?
네…

떠나는 날 당일

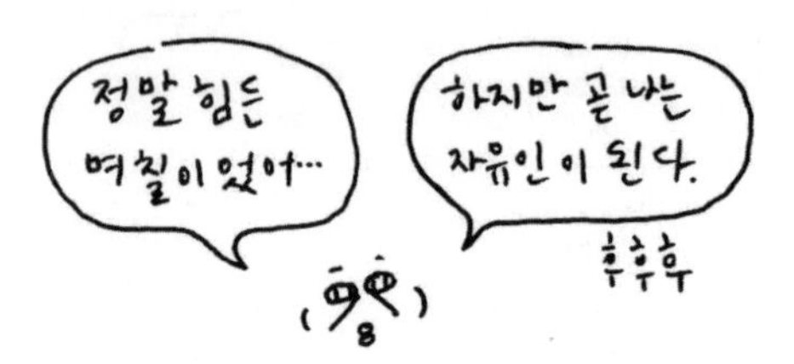

정말 힘든
며칠이 었어…
하지만 곧 나는
자유인이 된다.
후후후

나 태국에 갔다
올건데 옷 뭐 가져가지?
내 옷 줄까?
놀러가서 입으면 좋을 듯
※ 당일날 짐
챙기는거 맞음
← 여동생

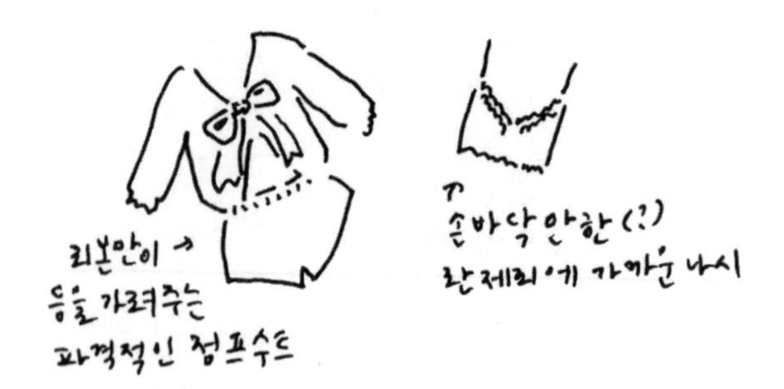

리본만이 →
등을 가려주는
파격적인 점프수트
↑
손바닥만한 (?)
란제리에 가까운 나시

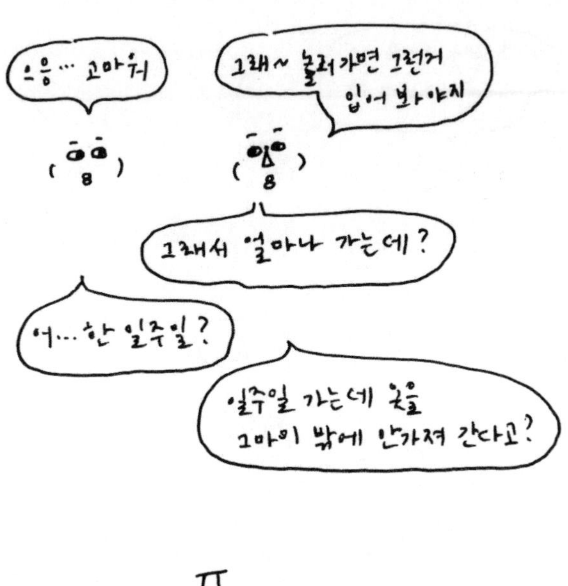

으응… 고마워
그래~ 놀러가면 그런거 입어 봐야지
그래서 얼마나 가는데?
어… 한 일주일?
일주일 가는데 옷을 그만이 밖에 안가져 간다고?

반만 채움
비었음
20인치 캐리어

엉… 가져갈게 없는디…
와 그래도 그건아니지
내옷더줄까?

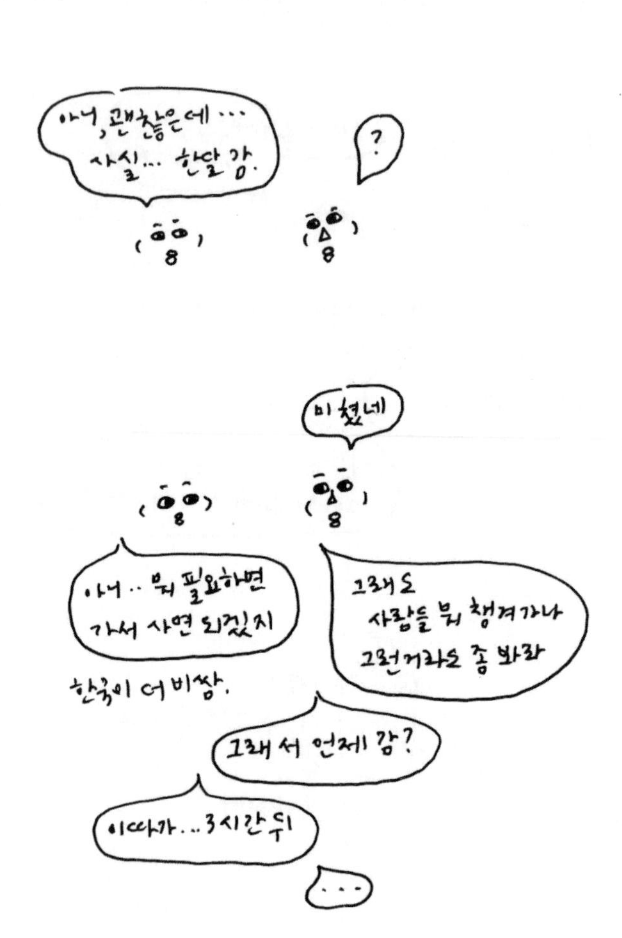

※결국 나머지 반은 마트에서 산 한국음식으로 채워갔다.

드디어 떠난다.

보통 여행은 설레기 마련인데,

그냥... 그냥 도망치는 것만 같다.

MACAY

창을 내리자 불어오는 바람이 따뜻했다.

※ 참고로 마카오 시내에는 게스트하우스가 없다. 에어비앤비가 잡히는 곳은 중국에 속해서 호텔에 가야만 함...

아, 또, 이 호텔도 인천공항서 예약했습니다

헤헤

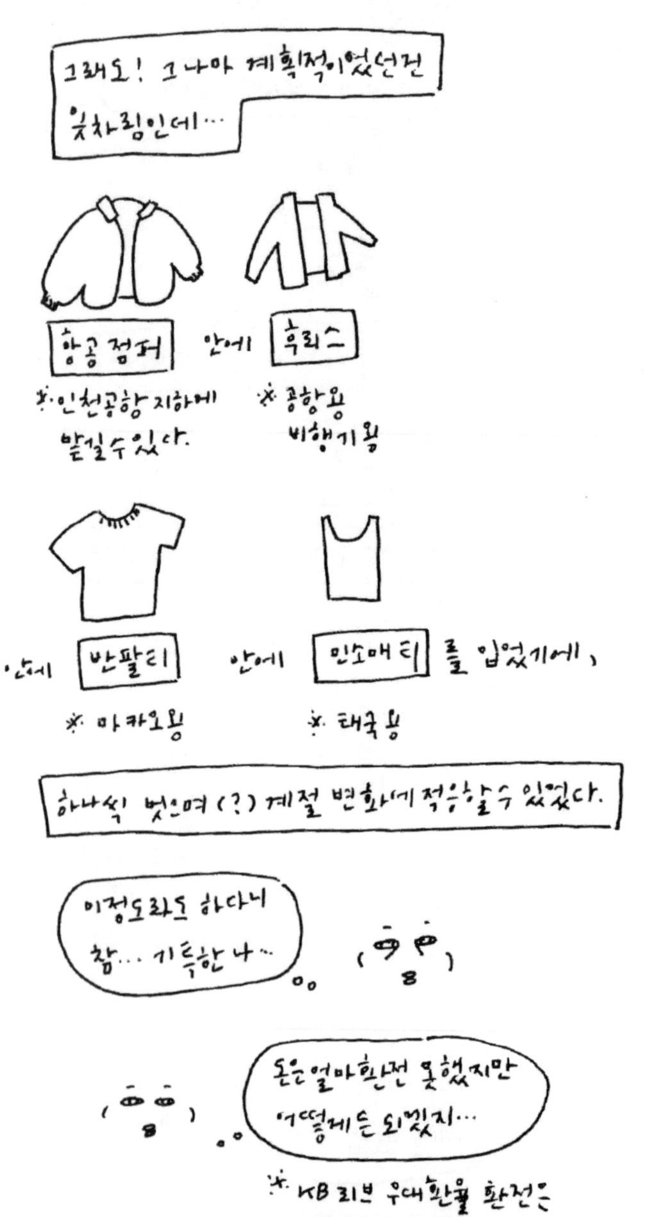
그래도! 그나마 계획적이었던건
옷차림인데…
항공점퍼 안에 후리스
※인천공항 지하에 맡길수있다.
※공항용 비행기용
안에 반팔티 안에 민소매티를 입었기에,
※마카오용
※태국용
하나씩 벗으며(?) 계절 변화에 적응할수 있었다.
이정도라도 하다니
참… 기특한 나…
돈은얼마환전 못했지만
어떻게든 되겠지…
※KB리브 우대환율 환전은
상한이 있다.

마카오의 밤거리
응… 너무 멋진걸
이 습함… 그리웠다
마구 지어진 듯한 이 빈티지 함…
영화 속에서 보던
마카오 같은…
무서운 불량 학생들…
이름 모를 맥주
BEER
맛없는 만두
그렇게 편의점에만 후다닥 다녀왔다.

다음날 아침
마카오라니…
이름마저 행복해…
사람들은 마카오에서 카지노도 가고
이런저런 쇼핑도 하고, 관광지도 간다지만
난 그런 거엔
별로 관심이 없지
헤헤
좀 더 '사람 사는 동네'로 들어가 보기로 했다.
COFFEE
느낌 좋은 카페를
1시간 만에 발견!
느… 느낌이 좋아
뭐랄까… 교토…?
을지로…?의 느낌

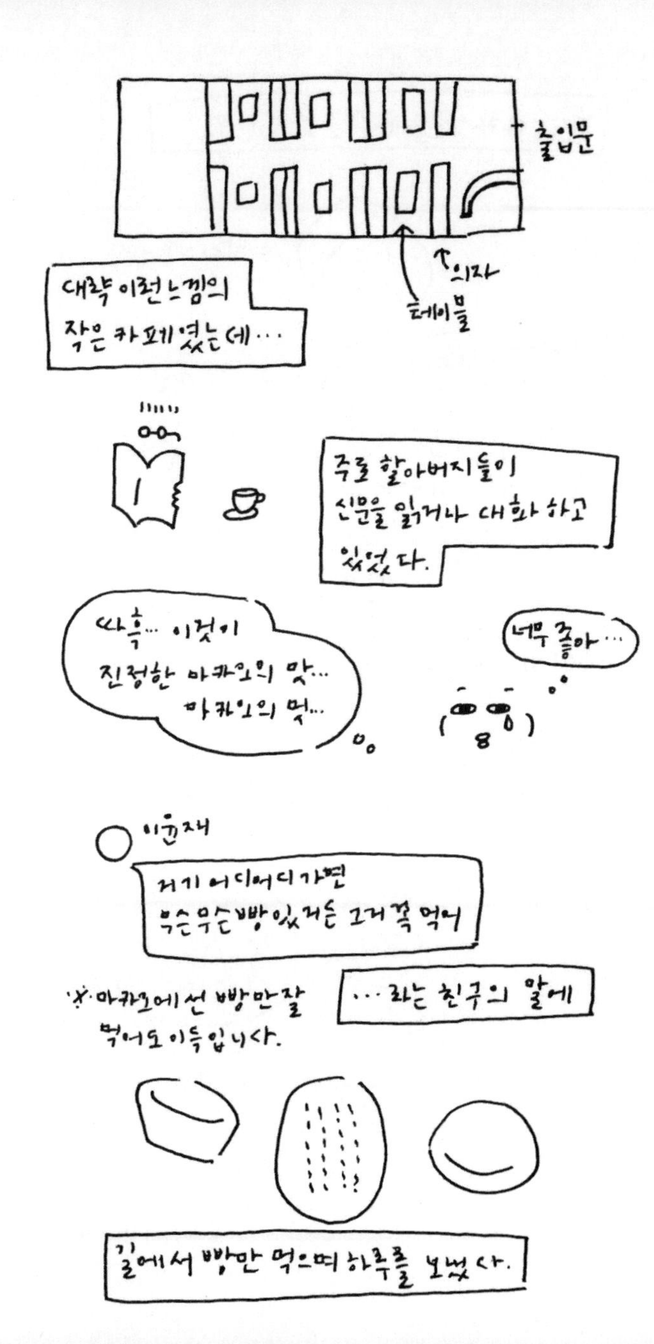
출입문
의자
테이블
대략 이런 느낌의 작은 카페였는데…
주로 할아버지들이 신문을 읽거나 대화 하고 있었다.
따흑… 이것이 진정한 마카오의 맛… 마카오의 멋…
너무 좋아…
이윤재
거기 어디어디 가면 무슨무슨 빵 있거든 그거 꼭 먹어
※마카오에선 빵만 잘 먹어도 이득입니다.
…라는 친구의 말에
길에서 빵만 먹으며 하루를 보냈다.

왠지 마카오는 저렴할 것 같아서…

에어팟도 구매하고!

※크게 저렴하진 않았음

히히-
이제 치앙마이다

거긴 더 새롭고
더 재밌겠지?

마카오 공항

맥주랑 만두 먹고
기다리면 되겠당

마카오
돈이 얼마 안
남았네

그럼 카드로…

카드로…

카드…

내 지갑…

지갑을 잃어버렸습니다.

만사는 포기하고
일단 맥주를 마시며 생각하자

응

언니 나 마카온데
지갑 잃어버림ㅠㅠ ㅋㅋㅋ

하린

내 생각에 넌 그냥
지금이라도 돌아오는게
맞는거 같아

이제 돌아갈 비행기를
예매할 카드도 없소…

내가 끊어줄까?

잉ㅠㅠㅠㅠ 울려…

여하튼, 저는 그렇게…
지갑없이 마카오에서
치앙마이로 떠났답니다.

CHIANG MAI

THAILAND

치앙마이 공항

솔직히 치앙마이고 뭐고 그냥 맥주 한 잔 마시고 자고싶다.

피곤…

EXIT · BUS

대충 저기로 가면되겠지…

(대충 니가 원하는 곳에 가려면 300 바트라는 뜻)

OK.

역시 태국 사람들은 친절하구나…

밴은 안도 실제로 호화로웠다.

번쩍

번쩍

12인승…

자, 가자

이번에 나 혼자요?

응, 너밖에 없잖아.
여기 불 많이 켜줄게

OK

새로운 빛!

호오 짱이다.
기분이 좀 괜찮아졌어

10분 후

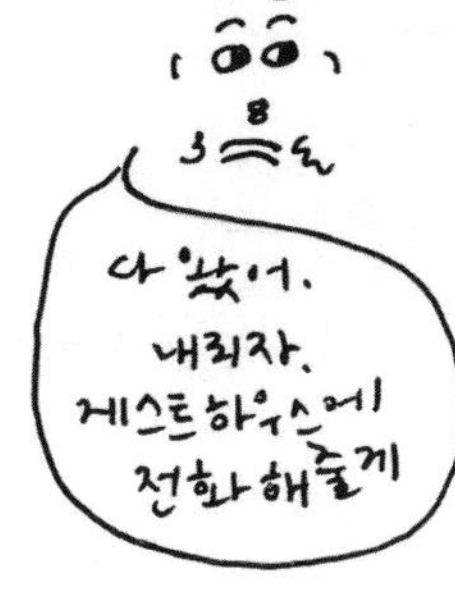

잠겨있는 게스트하우스 문.

기사님이 한참을 게스트하우스 사장에게 전화를 해주셨다.

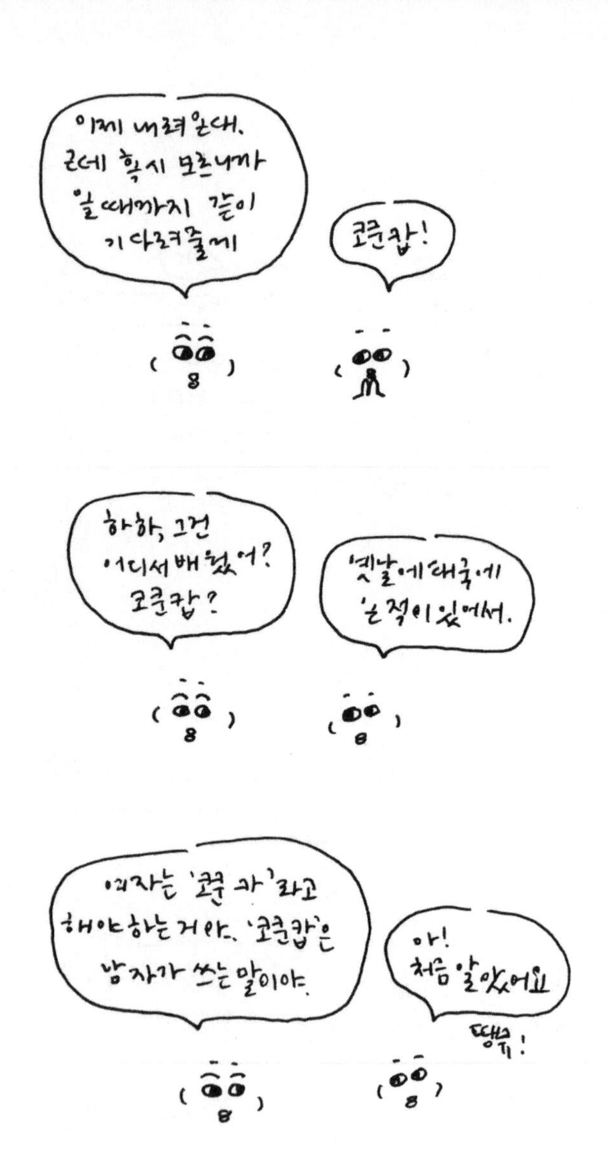
이제 내려온대.
근데 혹시 모르니까
올 때까지 같이
기다려줄게
코쿤캅!
하하, 그건
어디서 배웠어?
코쿤캅?
옛날에 태국에
온 적이 있어서.
여자는 '코쿤 카'라고
해야하는 거야. '코쿤캅'은
남자가 쓰는 말이야.
아!
처음 알았어요
땡큐!

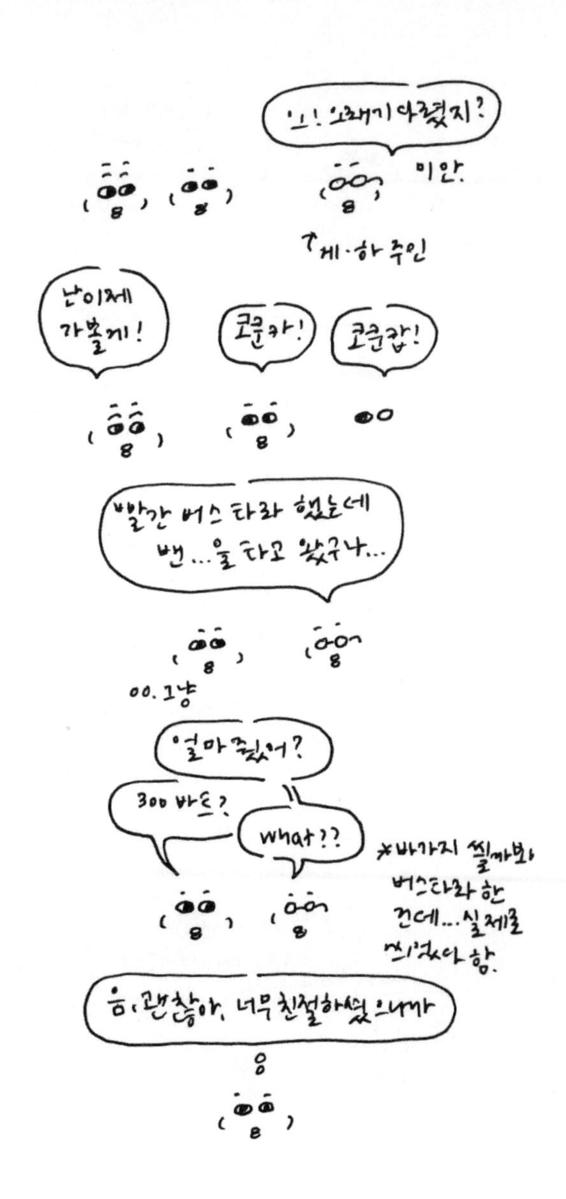
으! 오래기다렸지?
미안.
↑게·하 주인
난이제 가볼게!
코쿤카!
코쿤캅!
빨간 버스 타라 했는데 밴...을 타고 왔구나...
oo. 그냥
얼마 줬어?
300 바트?
What??
*바가지 쓸까봐 버스타라 한 건데... 실제로 씌였다 함.
응, 괜찮아, 너무 친절하셨으니까
응

들어가자!
여기가
방이고 왼쪽 2층
침대쓰면돼
한 사람 있네…
빼꼼
부지런
사부작 사부작
외국사람이랑 오랜만에
대화…
떨린당
hi…
oh,
hi~
난 벨기에에서 왔어.
넌 어디에서 왔어?
Korea
난 한국..

벨기에 친구는 한참동안 치앙마이에 대해 이것저것 설명해주었다.

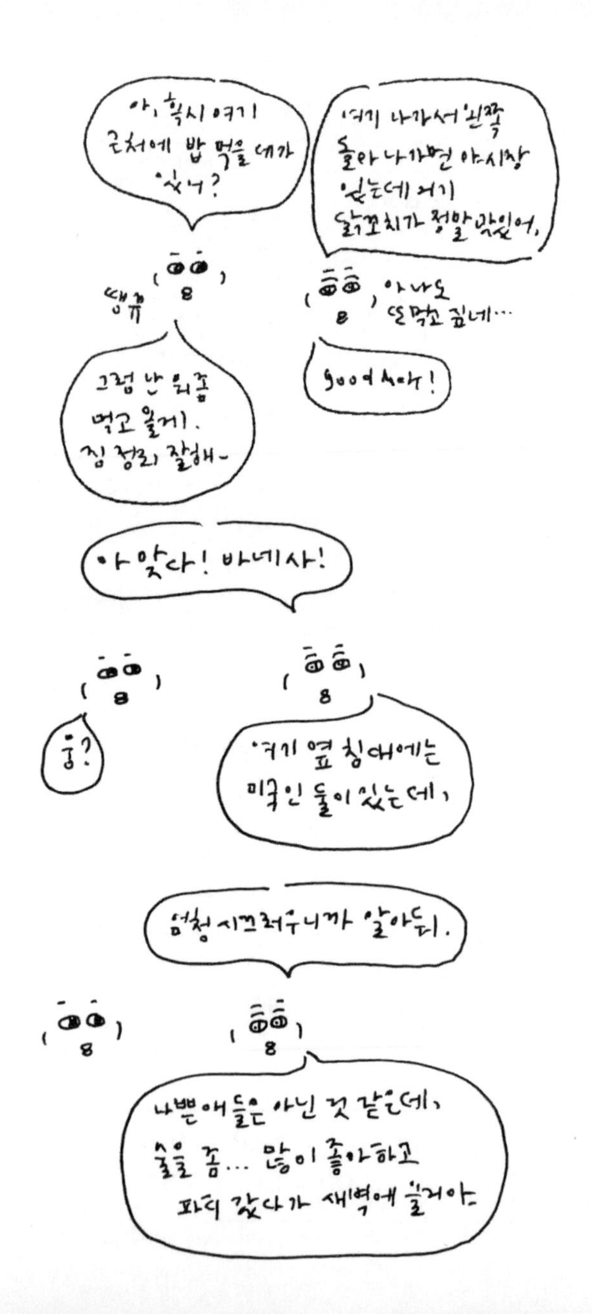
아, 혹시 여기 근처에 밥 먹을 데가 있니?
여기 나가서 왼쪽 돌아 나가면 야시장 있는데 거기 닭꼬치가 정말 맛있어.
땡큐
아 나도 또 먹고 싶네…
그럼 난 뭐 좀 먹고 올게. 짐 정리 잘해~
good luck!
아 맞다! 바네사!
응?
여기 옆 침대에는 미국인 둘이 있는데,
엄청 시끄러우니까 알아둬.
나쁜 애들은 아닌 것 같은데, 술을 좀… 많이 좋아하고 파티 갔다가 새벽에 들어와.

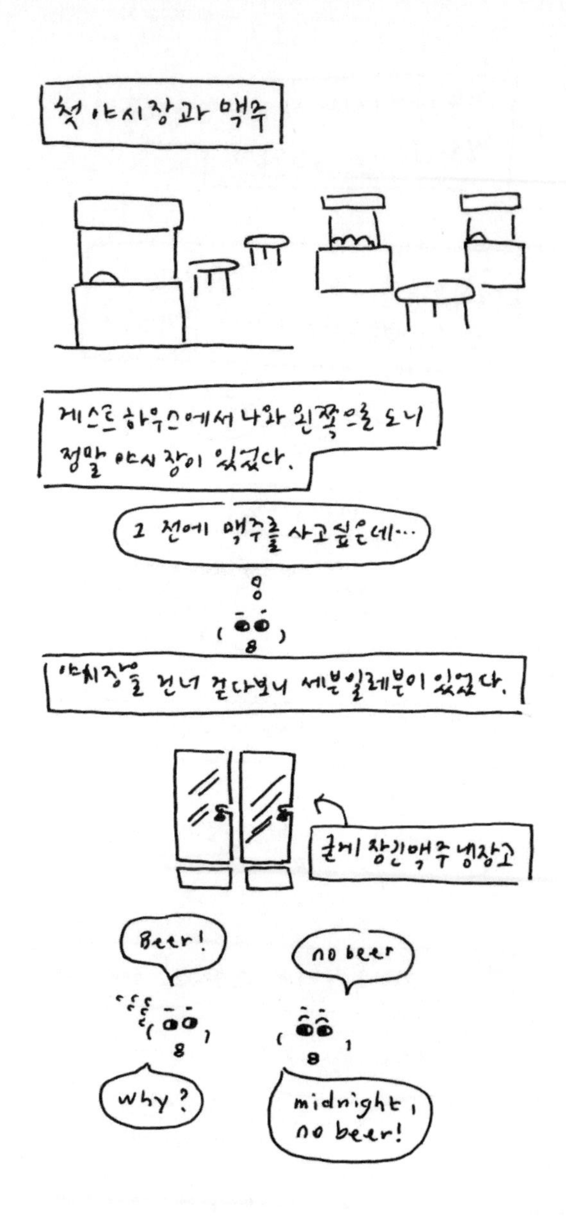
첫 야시장과 맥주
게스트 하우스에서 나와 왼쪽으로 도니
정말 야시장이 있었다.
그 전에 맥주를 사고싶은데…
야시장을 건너 걷다보니 세븐일레븐이 있었다.
굳게 잠긴 맥주 냉장고
Beer!
no beer
why?
midnight,
no beer!

대충 12시(자정)가 지나면 맥주를 팔지 않는다는 말이었다.

슬픈 마음에 '다시 야시장에 가서 밥이랑 맥주랑 마셔야지' 생각했다.

밥...

술...

하지만 야시장에서도

Beer

no beer!
finished

맥주가 동났고, 야시장은 대부분 닫고 있었다.

다시
눈물을 머금고

편의점으로...

컵라면 하나를 사서 게스트하우스로 돌아왔다.

먹을거 사왔어?

엉...
근데 맥주마시고
싶은데 안팔더라고

루프탑 바에는,

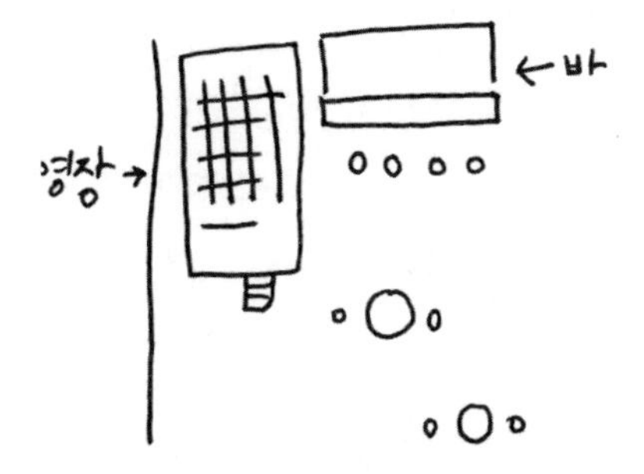

에어비앤비 소개 사진에서 본
작은 수영장과 바가 있었다.

컵라면에 맥주를 마시고 돌아오니…

Hi ! You are Vanessa!
We are THE American!

너가 바네사구나!
우리가 '그' 미국인들이야.

'그' 미국인들이 있었다.

와 너 이 타투는 뭐야?
넌 여기서 뭐할거야?
너도 우리처럼 레게 할래?
잘 어울릴 것 같아 내일 해줄게
술 좋아해?
파티 같이 갈래?

그들은 나에게 한참 이런 저런 얘길 하다가

벌컥

벌컥

갠 양주를 병째 들이키곤...

Bye!
Bye!

WOW

다시 파티에
가야한 다며 떠났다.

치앙마이에서의
첫날 밤.

어쩐지 굉장한 일이
일어 날 것 같아...
불안하지만 재밌겠어...

vanessahkim
chiang mai

일기. 나는 왜 사서 이고생을 하고 있는 걸까. 일주일, 열흘도 아닌 한 달의 고생을. (…) 집에 가고 싶다. 따뜻한 월곡동 나의 집으로… 흑흑…

↳ 치앙마이를 이렇게 고생스럽게 갈 수 있을까…

랩탑, 재앙
머——엉
지난 밤,
그 미국인들은
좀 위험해 보이니
머리맡에
랩탑을 두고 자야겠어
슥-
다음 날,
생각외로
잘잤당
스륵-
이 불길한
예감은?

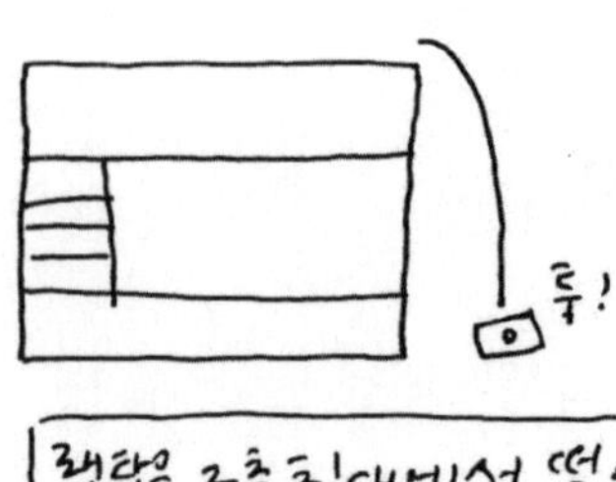

랩탑은 2층침대에서 떨어져 버렸고…

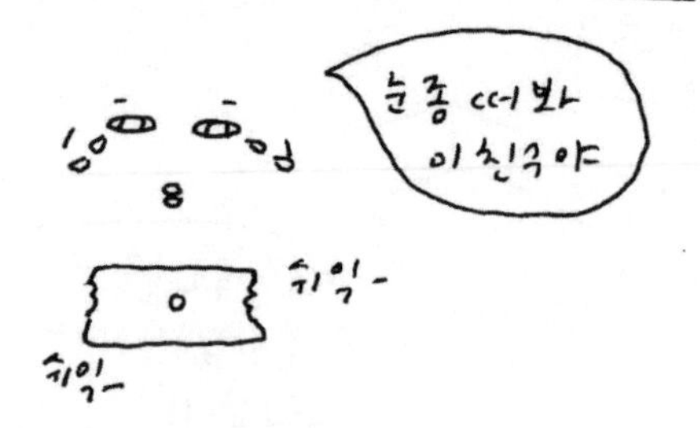

그렇게 내 인생의 동반자…
나의 친구이자 나의 밥줄은
세상을 저버렸습니다.

RIP… 나의 맥북…
치앙마이에 잠들다…

저는 사실 오늘 아침 2층침대에서 맥북을 떨어뜨렸습니다. 액정이 나갔거나 안 켜지면 이곳을 떠나 세상을 뜨려했는데, 켜지길래 고이 모셔 놓고 나돌아 다니다 돌아오니 저의 맥북은 큰 숨을 들이쉬고 있었습니다. 저를 안보고 곧 이어 들이쉬던 숨을 멈추곤 영원히 잠든 것 같습니다.

중국인 친구 미셸

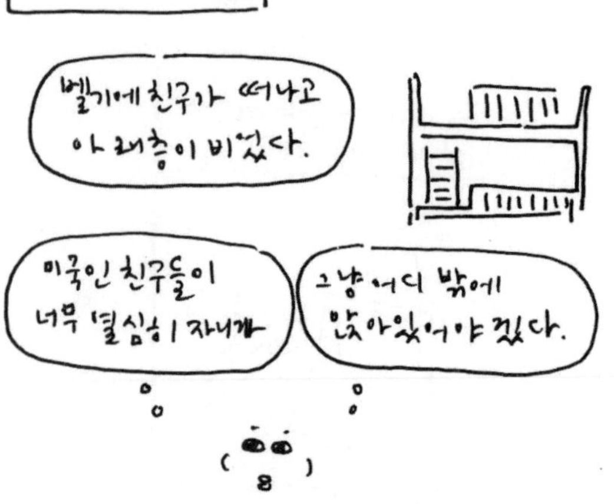

← 이렇게 생긴 로비 소파에
하루종일 껴 있었다.
(노트북 때문에 우울해서
나가기도 싫음)

너무 우울하다…
나가기도 싫고 잠이나 자야지

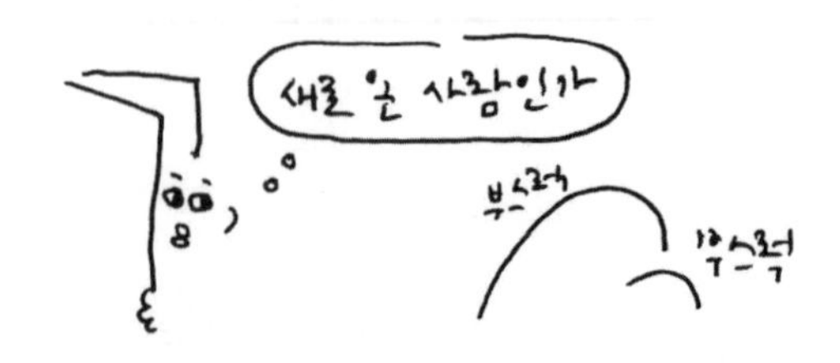

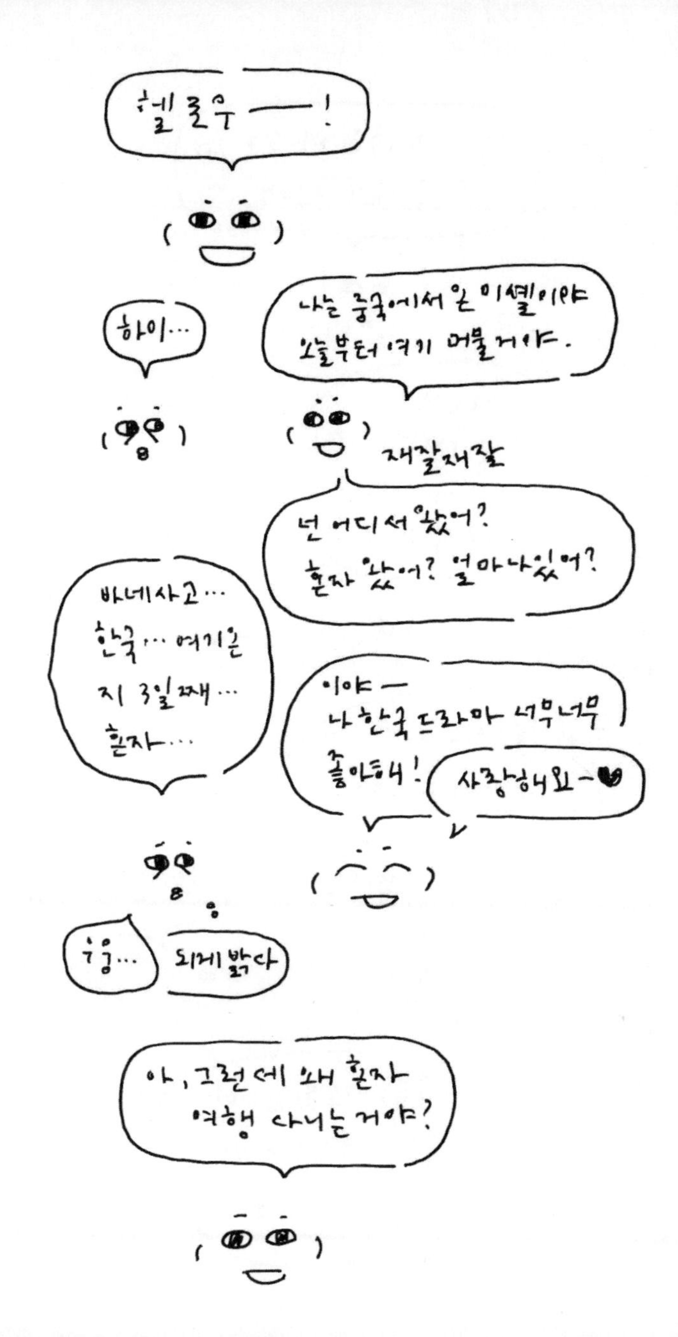
헬로우——!
하이…
나는 중국에서 온 미셸이야
오늘부터 여기 머물거야.
재잘재잘
넌 어디서 왔어?
혼자 왔어? 얼마나 있어?
바네사고…
한국… 여기온
지 3일째…
혼자…
이야—
나 한국 드라마 너무너무
좋아해!
사랑해요~
응…
되게 밝다
아, 그런데 왜 혼자
여행 다니는 거야?

그냥... 친구들은 다 일하고
또, 혼자가 편해

나도 그래!
친구들이 나중에 같이
가자는데 난 지금
오고 싶었어.

나는 또...
사람들이랑 다니면
항상 뭔가 함께
결정하는게 힘들어

헐! 나두 ㅋㅋㅋ
그런데 여자 혼자
다니면 꼭 이상하게
생각하는 사람들이 있어

맞아.
맨날 이별 했냐고
묻더라?

또 중국인들은, 너도 봤겠지만
좀 우르르 몰려 다니는 편이거든.
그래서 날 더 이상하게 봐.

미셸과 나는 말이 잘 통해,
오래도록 이런 저런 얘길 나눴다.

와~ 그런데
너 몇 살이야?

외국 나이로는…
26살?

맞아. 한국은 나이
다르게 세는거 알아

그럼 92년에
태어났나? 나는
1991년에 태어났어

오~
완전 친구네

나이도 비슷하고
생각도 비슷하네!

응!

시간 맞으면 다음에 같이 놀러가자
친구들도 소개시켜 줄게!

썽태우 타고
↙ 여권 찾으러
가는 길…

솔직히 이쯤되면… 이번엔
제가 어제 술 마시다가
여권을 잃어버렸다고
하면 아무도 안 믿겠죠?

하지만 그것이 실제로
일어났습니다.
하지만 술집에서 보관
중이라 합니다 ㅠㅠ

이쯤되면 아시겠지만…

저는 투어나 관광에 전혀 관심이 없습니다.

벨레 판—트!

미셸이 몇몇 투어를 함께 가자해서

갔을 뿐이지요.

이걸로 하면 돼

장시만!

중국인들은 자체 여행 앱이 잘,

아주 잘되어 있어서 뭐든 금방

예약하더라고요…

워 더 한궈런

노노 중궈

대충

나는한국인이며

중국말을못한다는 뜻

매번 중국인 가이드 + 관광객들과 …

코끼리도 보러 갔고요…

← 엉덩이만 계속 본 듯

Night safari도 갔고…

아, night safari는 정말 재밌었어요

*. 기억은 잘 안 남.

또, 미셸이 반캉왓에도 데려가줬죠

*. 반캉왓

예술촌. 매우 예쁩니다.

분위기도 좋구… 근데 나한텐

그레 꿀 ㅠㅠ

함께 쇼핑도 많이하고

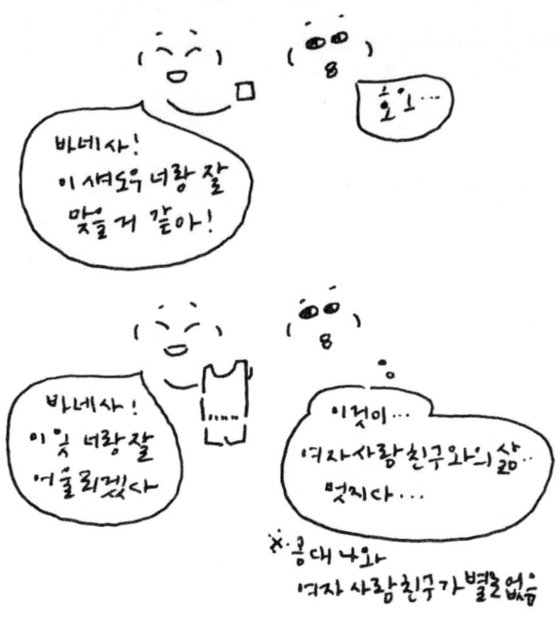

중국인 친구들도 많이 소개해주고

한궈런....

맛집도 많이 알려주고

일주일 정도 후, 중국으로 돌아갔습니당.

그녀는

HAMPOR
GUESTHOUSE
@OLD TOWN

치앙마이는 대략 이렇게 생겼습니다.

※ 정확한 정보는 인터넷을 확인해주세용!

※ 제 기준의 설명입니다!

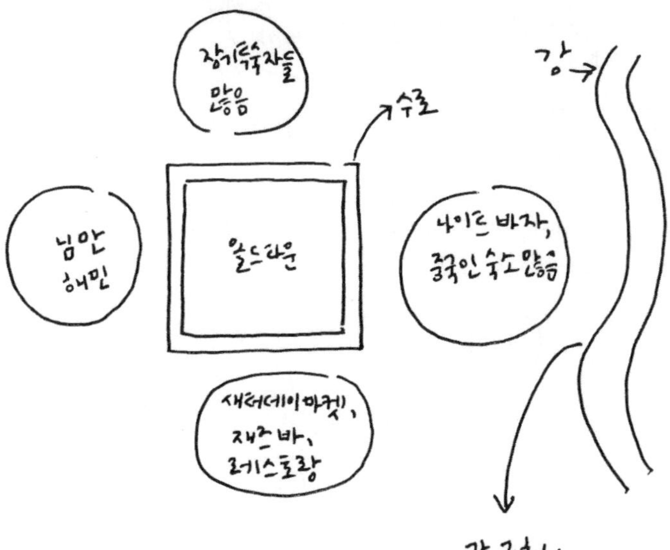

강 근처:
분위기 좋은 바 많음

갈 만한 곳은 끝에서 끝까지
차로 30분이면 가는 작은 동네이지요.

네이버에 검색해보니
한국 사람들은 님만 쪽에 많이 머무는
것 같았다.

예쁜 카페와
공간들이 많아선가

요기

또 올드타운 (네모 안)에는
서양인들이 많고.

※ 왜인지는 모름

어디로 갈까…

고민하던 나는 세가지 기준을 세움.

① 사람이 없을 것 같은 동네

② 1박 1만원 이하

③ zoe in yellow에서 술취해도
걸어갈 수 있는 곳.

또, 현금이 별로 없기 때문에

(지갑 잃어버려서...)

무를 수 없으니까...

아주 신중하게 에어비앤비를 살폈다.

아, 그리고 꼭
'게스트하우스'를 고집한 이유는요!

원래 계획이 게.하 사람들
인터뷰였기에... 혹시나 하여,
(제 컴퓨터는 생을 다했지만

또...
이미 우연에 기대
살아가는 삶...

재밌는 사람을
만날 수도 있고.

그리하여 고른…

KAMPOR
kampor hostel & coworking!
음…리얼루 주변에 뭐가 없군
편의점 아저…
HELLO! WELCOME!
비키, 호스텔 사장
하…하이…

이곳을 연 지는 한두 달 남짓.

어리 ( ) 충절

[vanessa, 최초의 장기숙숙자]

…가 되었다.

비키는 원래
개발자이고,
다른 사업도 한다.

Nae는 직장이
있는데, 대략
이곳의 투자자인 듯.

스탭인 친구는
어쩐지 이곳의
모든 일을 도맡아
하는 것 같다.

또 다른 스탭은
무얼 하는지는
잘 모르겠다.

댄 아저씨

멀뚱-

댄 아저씨는 중국인인데 고등학생 때부터 뉴질랜드에 오래 살다 치앙마이로 왔다.

Nae의 친구인데 주리게스트하우스 로비에서 매일 사람들과 술을 마신다.

댄 아저씨는 취하면 꼭 하는 얘기가 있다.

전 여자친구가 부산 출신이었는데,
무슨 일이 있었는지는 몰라도
아저씨는 술취할 때마다 PUSAN 하며
소리 쳤다.

일본인 블로거 아저씨

스마트폰+거치대를
모니터로 쓰고
블루투스키보드를 쓴다.

며칠 전부터 호스텔 로비에 일본인 아저씨가
앉아있다.

*누가봐도 일본인의 느낌 물씬.

쓸데없는 말 없이
목례만으로 충분해...!
이런 기분 오랜만이야...!

일본인 아저씨와 나는 아무말 없이도 편하게
공존했다. 다른 나라 사람들과는 항상 잠시
나마 대화를 했기 때문.

그러던 어느날 비키가 오더니,

말했다.

너네 둘 처지가 비슷한거 알고 있어?

듣자하니…

하루 몇만명씩
방문하는 블로그를
운영하는 아저씨.

말레이시아에 있는
친구를 만나러 갔는데

밥을 먹고 나오니
친구 차의 차창이 깨져 있고
그 안에 둔 자신의 짐이
모두 사라졌다고 한다.

어찌어찌 친구에게
현금을 빌려 받고,
일본으로 가기 전 들리려던
치앙마이로 왔다.

하지만 돈이 충분치 않아
자신의 블로그에 숙소 후기를 써주고
숙소를 제공받기로 했다.

그래서 휴대폰 거치대와
블루투스 키보드를 사서
매일 무언가 쓰고 있었다.

이 얘기를 들은 나,

헤에 — 소데스까?

*내가 할 수 있는
최선의 일본식
리액션.

그래서, 근데
우리가 왜
비슷하다고 한거지?

(대충 마카오서
지갑 잃고 여권도
잃었다 찾고 컴퓨터도
깨먹은 이야기)

.....

아 — 그런데 너는
무슨 일을 해?

나는... 디자인도 하고
책 만들고... 가끔은
글도 쓰고 그래

.....

헤에—
나도 원래 직업은 그래픽 디자이넌데
지금은 회사 안 다니고 블로그 하고
그림도 그리고 있어

헤에—

.....! !

①

일본 사람들은 사용하는 SNS 계층이 크게 나뉘어 있다.

20대 → 인스타그램

4-50대 → 페이스북

전체적 ← 트위터

한국도 그런 것 같다!

②

일본 젊은이들은 많이들 '포기'한다.

나라(Nara) 지역 근처 시골에 사는 나도 그렇고.

그래픽디자이너 일 그만두고,

한국도 그런 것 같다!

③

한국의 큰 화두 중 하나는 '우울증'이다.

내가 만든 책도 그런 책.

일본도 그런 것 같다!

… 하는 이야기들을 매일 점심 무렵 나눴다.

일본인 아저씨는 모두가 맥주를 마셔도
혼자 물이나 음료수를 마셨는데,

S상, 혹시
술 안 드시나요?

나 사실 맥주 되게
좋아하는데,
마시면 못 돌아갈지 몰라.

(돈 때문에)

음… 제거
나눠 마셔요

에에-괜찮아

어차피 이거 너무
많아서 혼자 다
못 마셔요.

아-
그럼-.

← chang 1L (큰거)

한 병을 나누어 마시고 내가 또 한 병을
사와 나누어 마셨다. 그렇게 몇 번
반복.!

일본인의 거절을
거절했어. 뿌듯
한데…

깔깔~

↑취해서
사람들과 잘 어울림.

장례식

''''''
어어,

여느 때처럼 로비에 멍하니 있는데
일본인 아저씨, Nae, 또 한 사람이
검은 복장으로 들어왔다.

우리 장례식에
다녀왔어

한국인.

킴, 너 우울증에 관한 책 썼었지?

넹

한국인들은 어째서 그렇게
우울증이 많은 거야?

태국에서도 점점 문제라고
하기는 하는데…

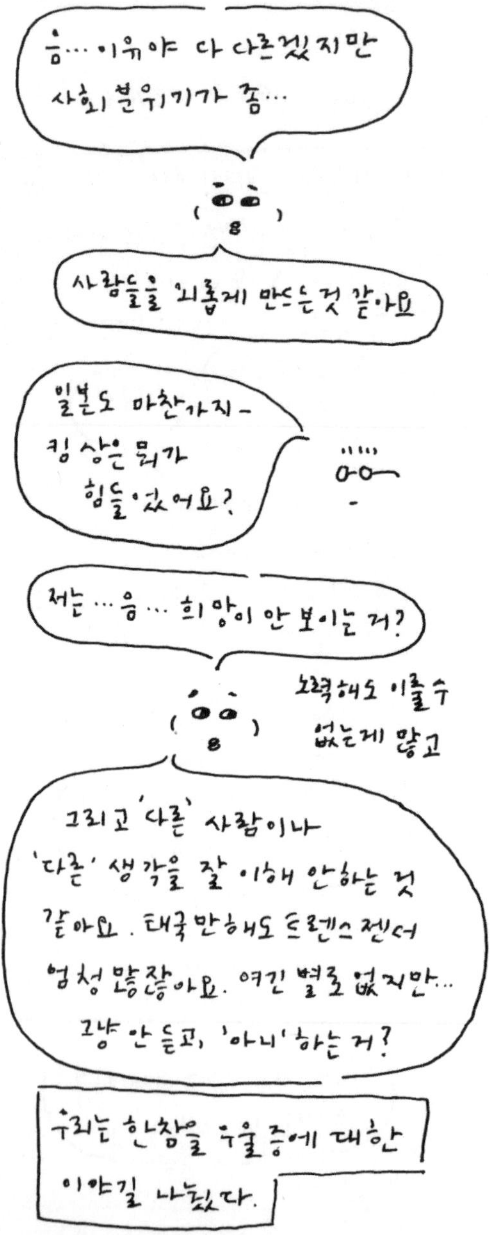

음… 이유야 다 다르겠지만
사회 분위기가 좀…

사람들을 외롭게 만드는 것 같아요

일본도 마찬가지-
킹 상은 뭐가
힘들었어요?

저는 …음… 희망이 안 보이는 거?

노력해도 이룰 수
없는게 많고

그리고 '다른' 사람이나
'다른' 생각을 잘 이해 안하는 것
같아요. 태국만해도 트렌스 젠더
엄청 많잖아요. 여긴 별로 없지만…
그냥 안 듣고, '아니' 하는 거?

우리는 한참을 우울증에 대한
이야길 나눴다.

병동에 또 갈까 봐,
차라리 여기에 왔다는 말은 못했다.

하필 내가
여기 있을 때

이런 일이
근처에서
생기네

희안하다 증말

근데 왜일까?

왜였을까? 이렇게 별 일 없는
아무 생각 없는...

아니, 그건 나만 그런가?

그래도 사시사철
따뜻한 나라에서...

왜일까?

내가 병동에 간 때도
5월이었다는 걸 떠올렸다.

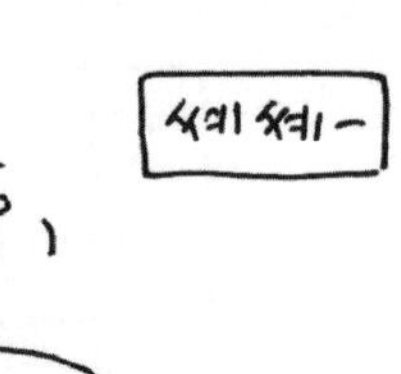

둘의 관계는 모르겠으나,
또 다른 지인의 결혼식 때문에 왔다했다.

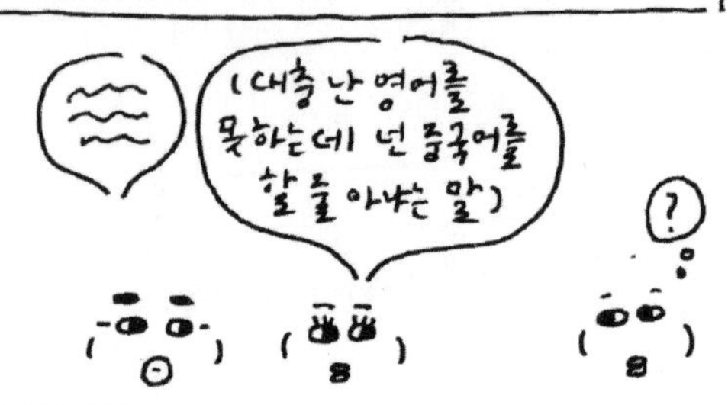

하지만, 둘 다 영어를 전ー혀 못해서
댄 아저씨가 통역을 해줬다.

가끔 우리끼리 대화할 땐 이렇게…

하지만 그 둘은 나를 확실히 좋아해서

너랑 꼭 같이 대화하고 싶다고 전해달래

저도? 라고 전해줘용

큰하하~ (대충 이 친구 맘에 드니 중국으로 놀러오라는 말?)

쎼쎼!

아저씨와는 술을 자주 마셨고,

피쥬우(맥주)?

끄덕

아가씨에게는 치앙마이 구경도 시켜드리고, 자주 포켓볼을 쳤다.

쎼쎼, too!

쎼쎼!

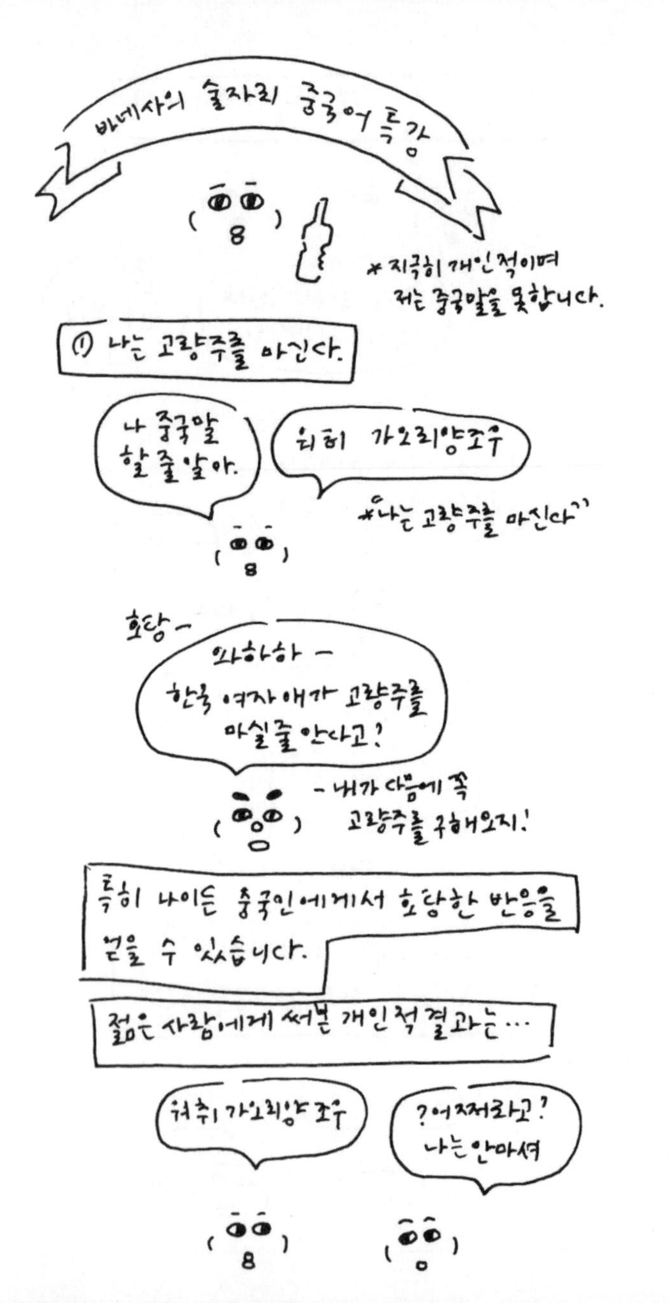
바네사의 술자리 중국어 특강
* 지극히 개인적이며
저는 중국말을 못합니다.
① 나는 고량주를 마신다.
나 중국말
할 줄 알아.
워허 가오리양조우
*"나는 고량주를 마신다"
호탕~
와하하~
한국 여자애가 고량주를
마실줄 안다고?
~내가 다음에 꼭
고량주를 구해오지!
특히 나이든 중국인에게서 호탕한 반응을
얻을 수 있습니다.
젊은 사람에게 써본 개인적 결과는…
워취 가오리양조우
?어쩌라고?
나는 안마셔

② 하오, 하오

好好
good, good
하오하오

이 말은
분위기를 잘 타고
써야 합니다

예를 들어…

심각

심각

심각한 분위기보다는…

(당연하지만)

(대충 넌 어때?
하는 느낌)

하오하오

와하하!

사실은, 고백컨데…
이게 마지막입니다.

출석만 해도 B+을 준다는
↙ 중국어 수업 D+를 받았던
ㄱㅎㄱ 22세

말했다시피, 비키의 직업은 다양한데,

개발자,

건축 사업

(구상 중)

호스텔 운영

그럼에도 비키는 모든 할 일을 끝내고,

킴!!!

키—임

(애교가 많은 편)

매일 술을 마신다.

레전신가뭔가하는
태국 위스키

킴—아임혼니

할게 많고,
책임질 것도
너무 많아

그래도 다 잘되고
넌 다 해놓잖아

그런 문제가
아냐

넌 이해 못할지 몰라

그리고 이걸 그리는 요즘,
비키의 말을, 외로움과 책임을
조금은 이해할 것 같다.

고양이, 진

찡! 아까 진이 너 찾으러 왔어!

그런 사람 모르는데?

빨간 스카프 하고 다니는 고양이 있잖아

걔가 아까 와서
너 찾다 갔어!

아니… 어떻게 고양이의
생각을 파악하는 거지?

오, 리얼리?

…라고 생각만 하며 흐뭇해 했다.

DAYS

super young

나는 n년전, 태국에 온적이 있다.

how old are you?

20 in korea and... 18 internationally

vanessa, 18

wow! you are super young!

haha

그리고 n년 후 오늘...

how old are you?

26 yrs old

ahh... im 18 yrs old

wow! You are super young!

나는 더이상 super young 하지 않다.

zoe in yellow

이렇게 묻는 사람들이 많다.

치앙마이에서
클럽도 많이 가셨죠?

NOPE

나는 실제로 치앙마이에서 클럽을
딱 한 번 가봤는데, 그 이유는…

바넷사 — 오늘은 girl's day야.
우리 둘이서 술 마시고 클럽 가자♡
꼭꼭 둘이서만!

그리하여 도착한…

ZOE IN YELLOW

쿵짝
쿵짝

올드 타운 중심에
조인옐로우를 중심으로 여러
펍들이 모여있다.

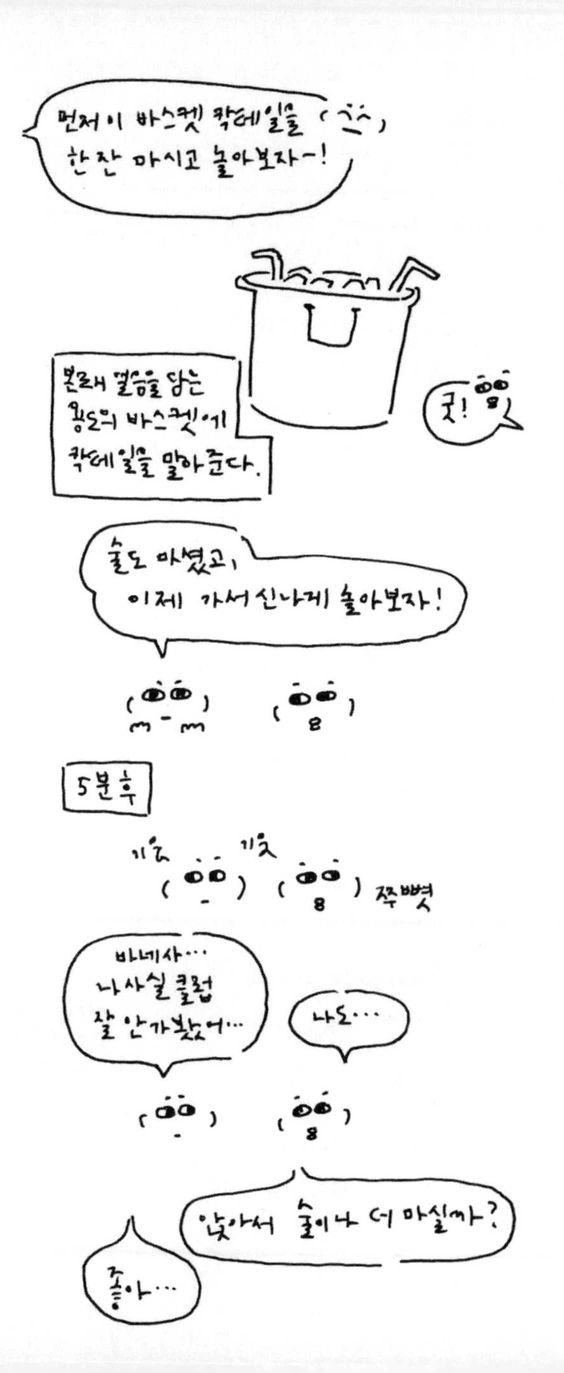

먼저 이 바스켓 칵테일을 한 잔 마시고 놀아보자~!
본래 얼음을 담는 용도의 바스켓에 칵테일을 말아준다.
굿!
술도 마셨고, 이제 가서 신나게 놀아보자!
5분 후
기웃 기웃
쭈뼛
바네사… 나 사실 클럽 잘 안 가봤어…
나도…
앉아서 술이나 더 마실까?
좋아…

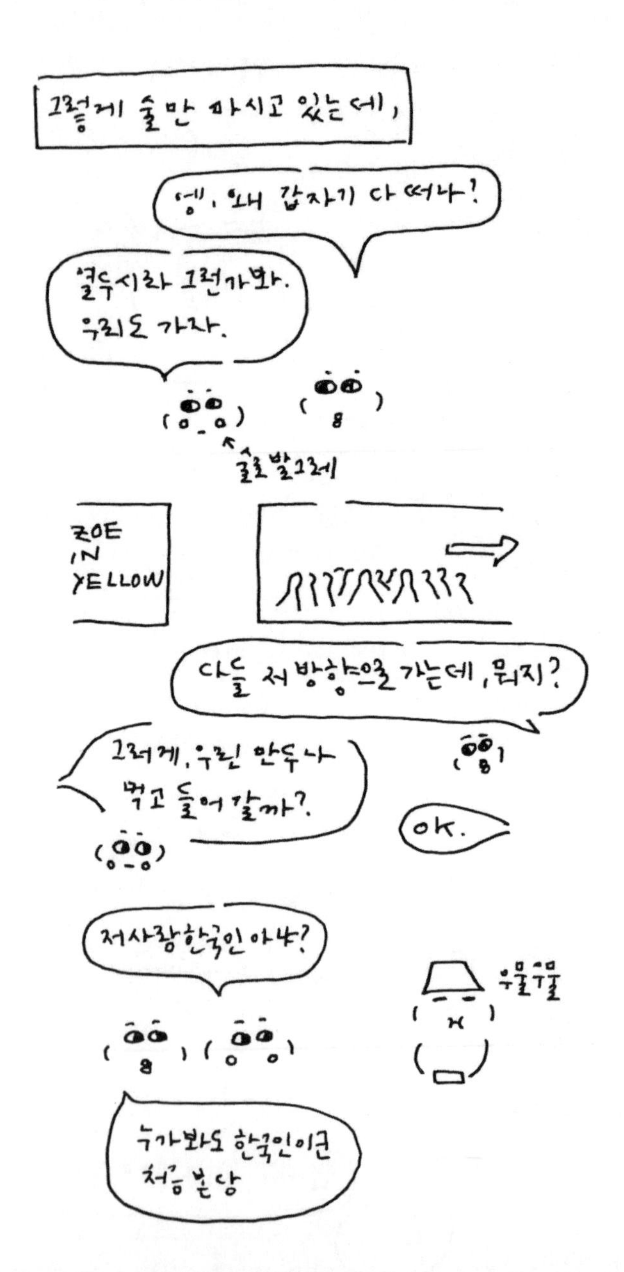
그렇게 술만 마시고 있는데,
엥, 왜 갑자기 다 떠나?
설두시라 그런가봐.
우리도 가자.
술로 발그레
ZOE IN YELLOW
다들 저 방향으로 가는데, 뭐지?
그러게, 우린 만두나 먹고 들어갈까?
ok.
저사람 한국인 아냐?
우물쭈물
누가봐도 한국인이군
처음 본당

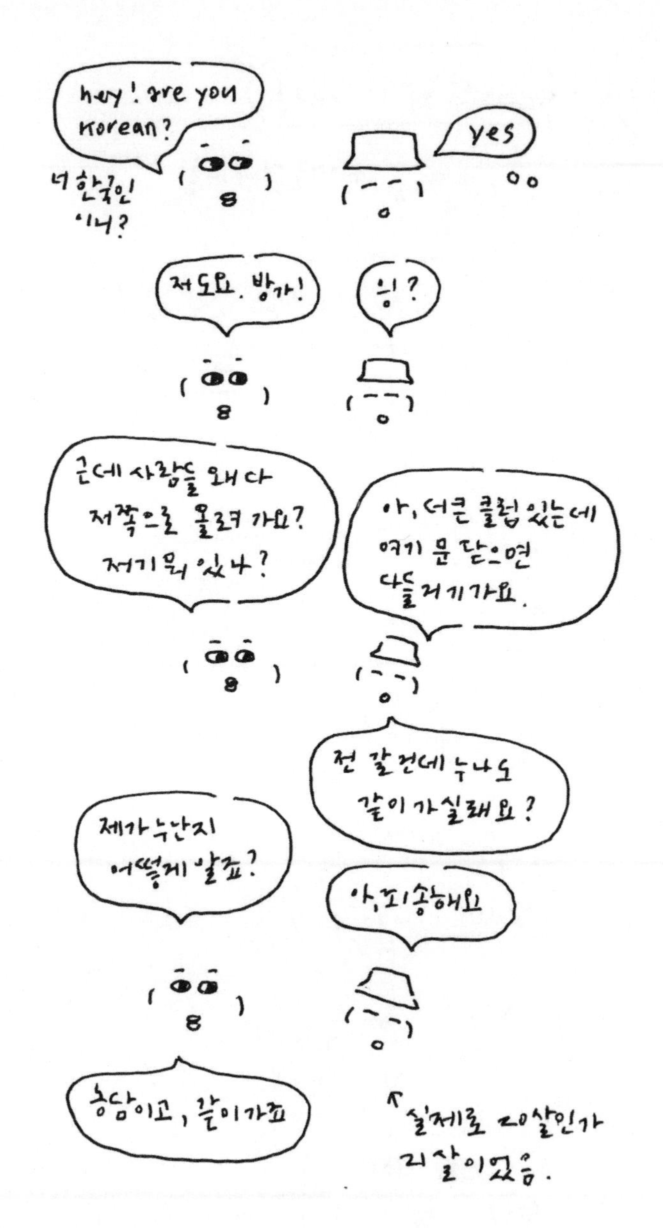

hey! are you korean?
너 한국인이니?
yes
저도요. 방가!
응?
근데 사람들 왜 다 저쪽으로 몰려가요? 저기 뭐 있나?
아, 더 큰 클럽 있는데 여기 문 닫으면 다들 거기 가요.
전 갈건데 누나도 같이 가실래요?
제가 누난지 어떻게 알죠?
아, 죄송해요.
농담이고, 같이 가죠
실제로 20살인가 21살이었음.

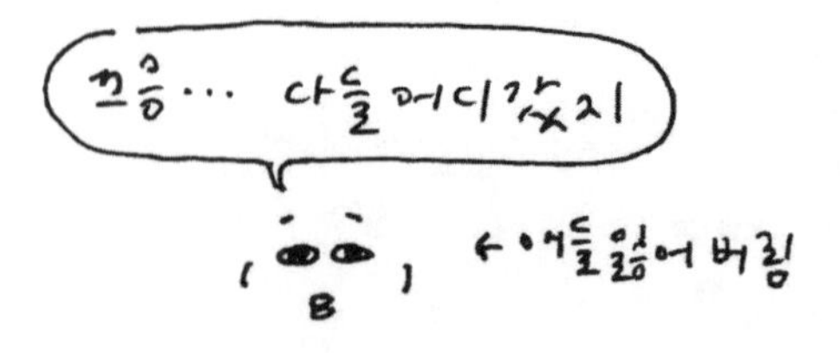

그때, 웬! 이탈리아어(라고 생각)를 쓰는 사람이 나에게 다가왔다.

술 이상의 무언가에 취한 듯 했는데…

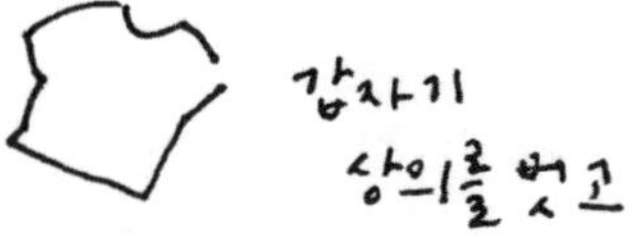

하의도
벗고…

팬티를 벗기
시작했다!

나를 구석으로 몰아가며 옷을 벗어서
주변에 도움을 요청했다

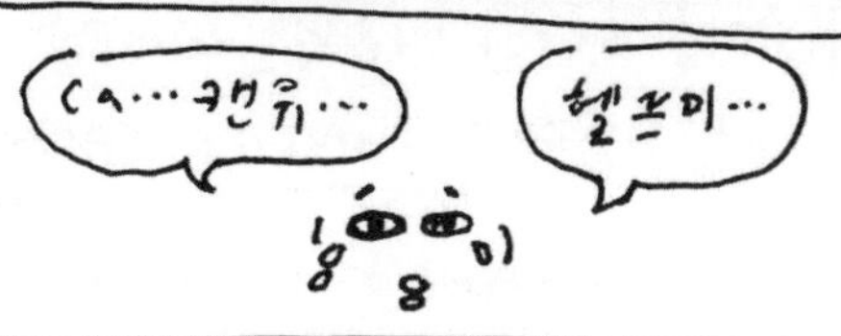

하지만 주변 몇몇 동아시아인들이
웃기다는 듯 사진을 찍어댔고,

기억은 잘 안 나지만 또 어느
동아시아인이 나를 잡아 끌어
밖으로 내보내줬다.

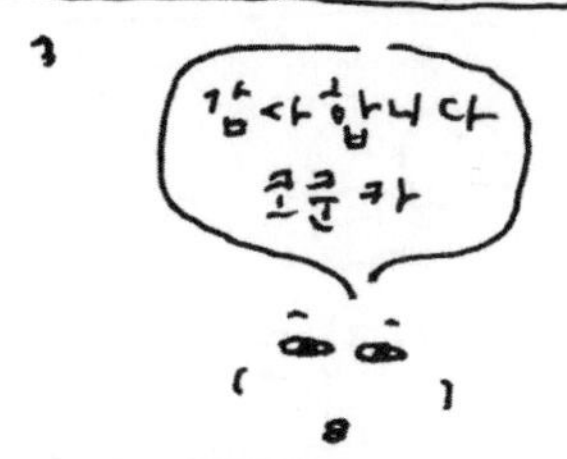

그리하여… 치앙마이 클럽은
그후로 가본 적 없다.

야시장

치앙마이의 대표적인 야시장
SATURDAY, SUNDAY MARKET

야시장이라니… 멋져…

두근…

무시나 혼자서 처음 토요 야시장에 갔는데,

도대체

어디가 끝이지?

싶을 정도로 크고 사람도 많았다.

마침 비가 왔고, 배가 고파 밥을 먹으려 하는데 눈에 띄는 그것,

달걀 간장 조림!

엄마가 서울 집으로 종종 보내주는 반찬이다.

…라고 주문을 했는데,

알고보니 내장탕(?)을 파는 가게였고, 달걀을 두개 넣어주셨다.

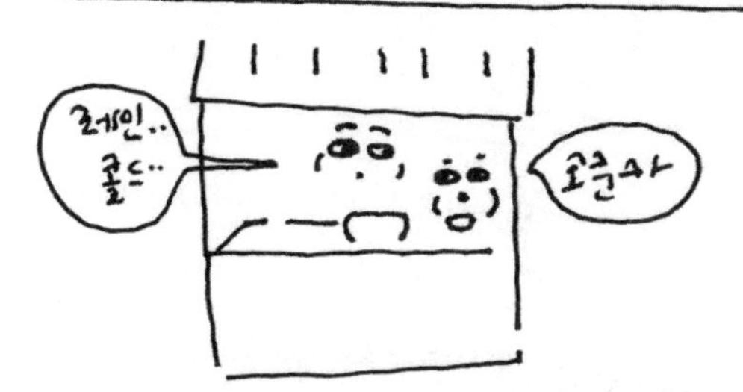

비가 온다고 점포? 매대? 안에서 먹으라고 하셨다.

흑… 태국인의 친절이란…

감동—

내장은 굳이 안먹지만 먹기로 했다.

아침 뭘 먹을까 고민하는 사람들이 많이 지났고…

이건 어떤건데용! 국물이 찐한게 이게 바로 치앙마이의 맛! 한 번 드셔 보셔야 할텐데?

영어를 잘 못하는 상인들을 대신해, 먼지 밑에서 갈고 닦은 장사 실력(?)을 발휘했다.

※. 나의 장사 선생님… 너구님께 감사를

집에 갈 때에는 한국에서는 하지 않을 것 같은 장신구를 샀다.

< 아주 큰 링귀걸이

< 뭔가 주렁주렁한 귀걸이

물론 다음 날 선데이 마켓도 갔지만 비슷비슷한 상인들이 비슷한 걸 팔고 있었다.

※ 규모는 더~ 크다.

또, 다른 마켓들도 많다는데, 나는 역시나…

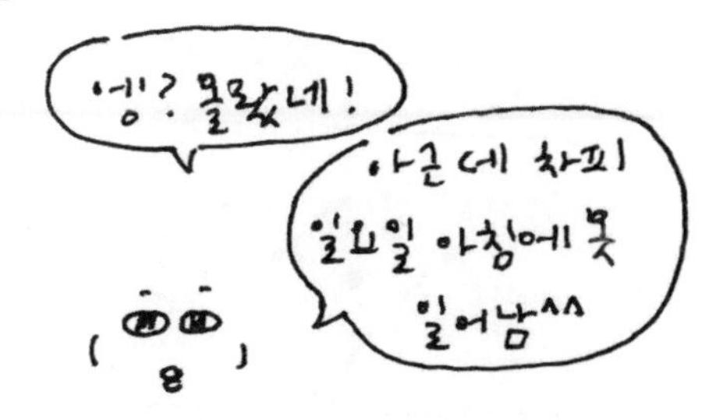

…하고 찾아다니는 일은 하지 않았다.

받은메일함 | [재입고요청]

현경씨,

휴가 중에 죄송한데

<망가진 대로 괜찮잖아요>

재입고 할 수 있을까요?

↳ 당연하죠-

딱히 휴가 느낌은 아니고

그저 이곳에 존재할 뿐…

주문 넣어둘게요!

…라고 할 정도로 치앙마이에서의

일상은 서울에서의 그것과 크게 다르지 않다.

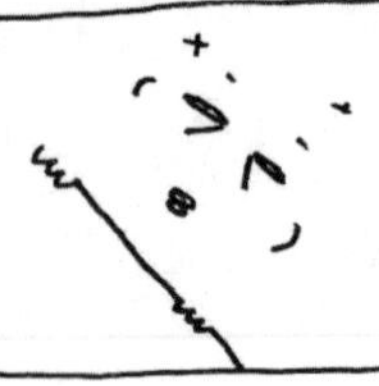

(전날 과음을 했으니) 느즈막히 일어난다.

커피를 마시며 멍하니 앉아 있습니다.

끔뻑 끔뻑

메일 확인을 하고 책을 보냅니다.

← 휴대폰으로도 가능

태국에서 한국에 책 발주를 넣다니

계속 이렇게 살아요…

대충 씻고 나면 3, 4시.

부시시~

대충 밥을 먹습니다.

대충이 팟타이, 그린커리라니 행복하군…

나가봐야 책방입니다.

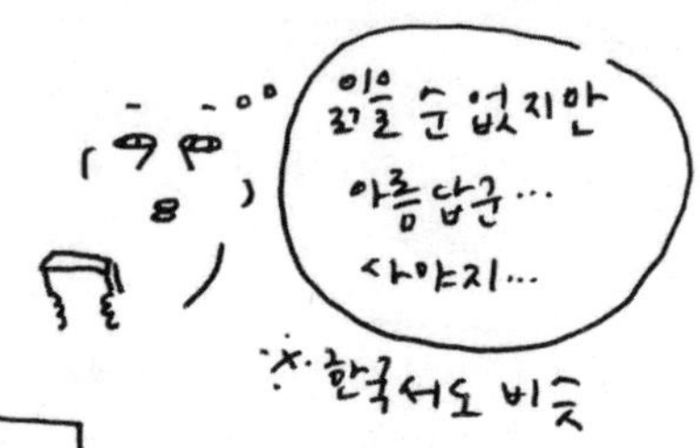

해가집니다.
뭐, 어쩔 수 없습니다. 술 마셔야지.

깔깔

하하~

여기선 그냥 술 마실 사람이 있을 곳에
찾아가면 그게 술 친구인 점이
조금 다릅니다.

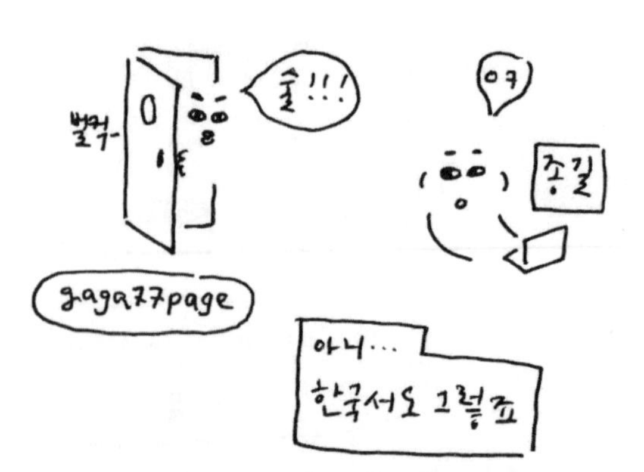

깔깔
I LOVE HERE
다시 과음을 하고 …
잠듭니다.
어떻습니까.
한국에서와 같죠?
하하~
흑흑

BOOKSTORES

해외 독립책방이라니 매우 설렜죠.

찬라오

- 님만해민에 위치한 작은 책방
- 책은 대부분이 태국어 책
- 굿즈도 적지만 한국인들의 책이 있음
- 다시 갔을 때, 한국인의 일러스트 전시를 하고 있어서 신기했다.

북스미스

- 님만에 있어서 가기 쉬움
- 굿즈도 많은데 물가에 비해 비싼 느낌
- 영어로 된 책, 그래픽·아트북도 있다!

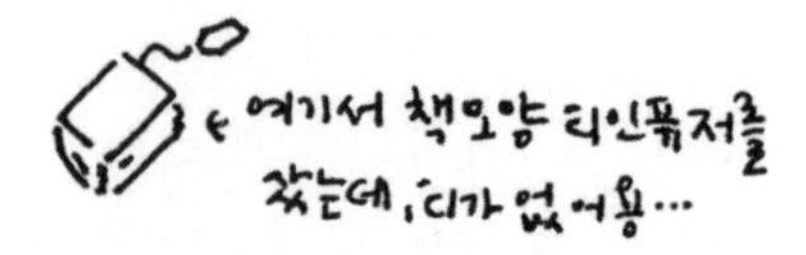

The Lost Book

· 영어로 된 헌책이 많음.
· 한국어 중고책도 꽤 있음.
· 골드시티 안에 있다.

Book Re:public

· 반캉왓 가는 길이라 좀 멀다.
· 하지만! 가장 좋았음.
· 그래픽노블·예술서도 꽤 있음.

그래서 제가 산 책을 자랑하자면!

BEST ○ BEFORE

← 태국인 작가이지만 영어로 된 그래픽노블

↖ 이별 전으로 돌아가려는 이야기

이 책은 나중에
우드파크 픽처스 선생님들께 보내드림!

← 산책하는 강아지들 얼굴을 클로즈업해 찍어 모은 사진집!

두 권을 사서 하나는 친구에게,
하나는 브라질 친구에게 주었다.

※ 소비 그 자체만을 즐기는 포즈…

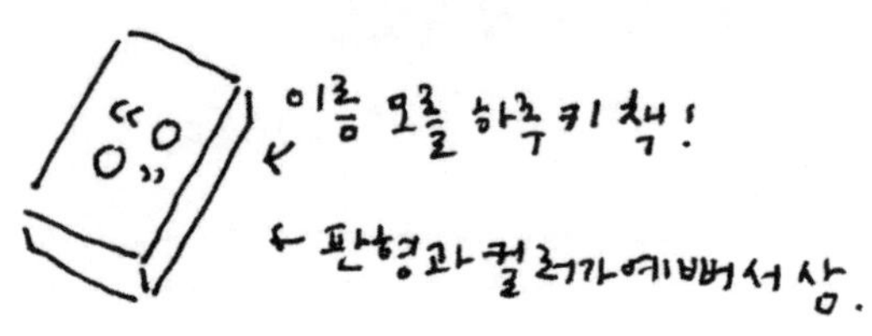

하는 대화를 나눴습니다.

영화관

다들 <보헤미안 랩소디>를 보는구나…

인스타로 접하는 소식들

그리 하여 영화관에 가보기로 했다.

언제 시작하나..

C××보다 더하네

한참 광고가 나오다가 어떤 노래가 나옴

엉?

돌아보니 태국 국가에, 경례를 하는 듯.

모두가 외국인 같은데

어째서 남의 나라 국가에 경례를 하지?

무슨 의미가 있나..

하면서, 나도 했다.

Henna

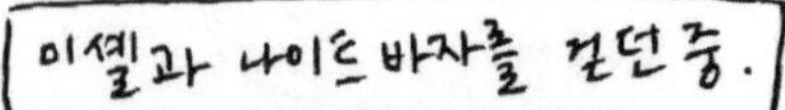

와아- 너 헤나 해봤어? 오마갓, 나 정말 해보고 싶은데에- 와-

오- 해보자

Hen na

오늘도 밝음

그리하여 미셸은 손에, 나는 어깨쪽에 각각 헤나를 받았다.

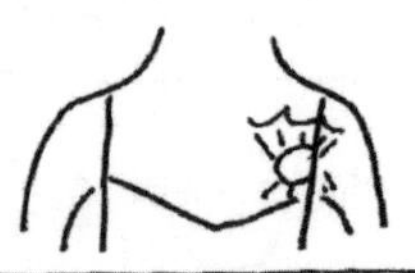

'헤나' 하면 떠오르는 재미있는 에피소드가 있는데,

스무 살 적, 대학생들이 모이는 컨퍼런스에 참여했을 때,

카오산로드에서 어깻죽지에 큰 나비 헤나를 했었다.

당시에는 영어를 잘 못해서

나

한국계 중국인에서 귀화한 일본인

한국인. 미국유학 1달 차

이렇게 셋이 어울려 다녔다.

한국'어' 파…!

그냥…

아무거나…

그중에서도 한국인 오빠는 미국 유학생에 대한 나의 편견과 달리 매우 소극적이었다.

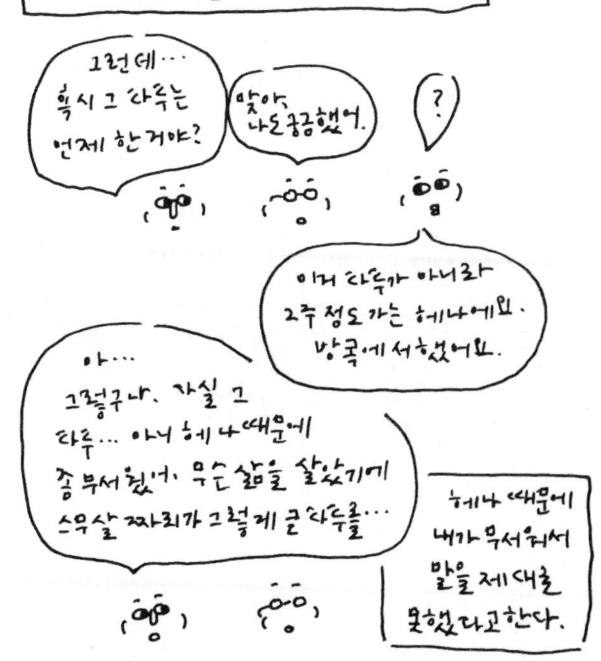

한글 타투

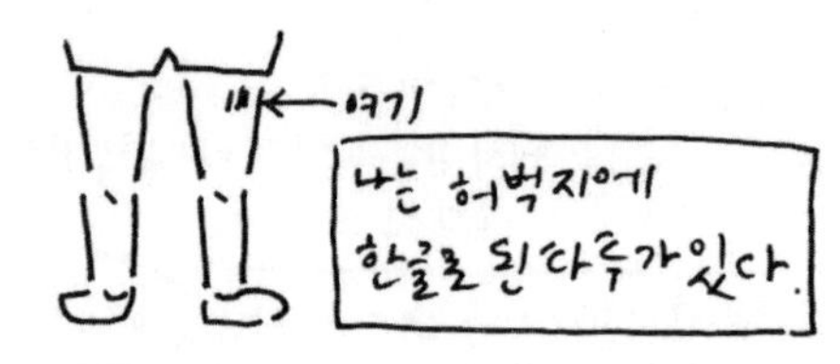

'이상'의 <날개>의 한 구절을 세로쓰기한 것이다.

날개야 다시 돋아라.
날자, 날자.
한번만 더 날아보자꾸나.

한글이라 그런지 꽤 많은 주목을 받게 되었다.

WOW, 너 타투 멋지다. 무슨 뜻이야? 이게 한글이지?

(대충 유명한 문학작품의 구절이라는 뜻)

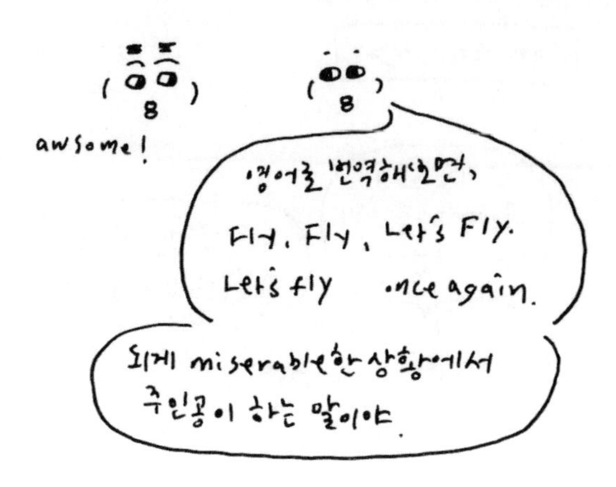

이렇게 묻는 사람들이 굉장히 많다.

세상에 이상 선생님을 알렸다.

Sak Yant, 싹얀

오, 이건 되게 특이한 타투인데 여기서 했어?

응. 태국전통타투인데 스님들이 대나무로 해줘.

와-
여기 타투가 꽤 저렴하니까 떠나기 전에 받고싶다

...라고 생각만 하다가

'에어비앤비 투어'에서
태국 전통 타투 패키지가 있는 것을 발견했다.

일단 아무 생각 없이 신청!

D-DAY

안녕!
서로 인사해.
한국, 중국에서 왔다고 했나?

응, 난 홍콩!

난 한국!

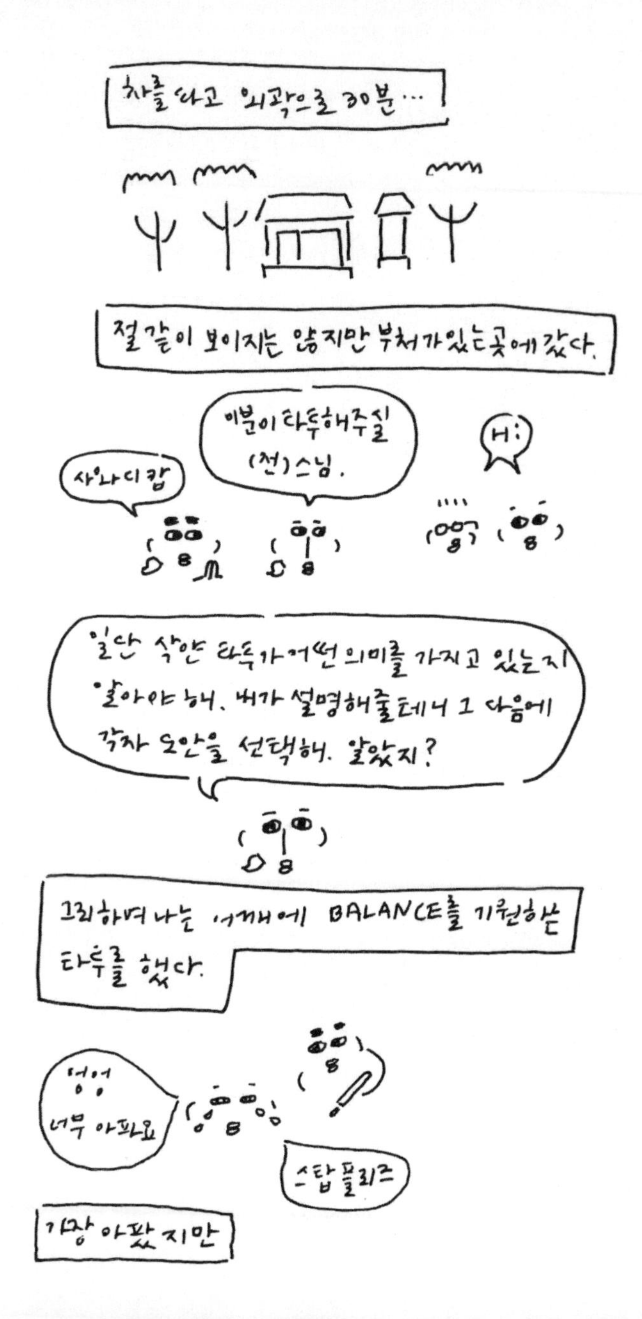

차를 타고 외곽으로 30분…
절같이 보이지는 않지만 부처가 있는 곳에 갔다.
사와디캅
이분이 타투해주실 (전)스님.
Hi
일단 삭얀 타투가 어떤 의미를 가지고 있는지 알아야 해. 내가 설명해줄테니 그 다음에 각자 도안을 선택해. 알았지?
그리하여 나는 어깨에 BALANCE를 기원하는 타투를 했다.
엉엉 너무 아파요
스탑플리즈
가장 아팠지만

PEOPLE

@OLD TOWN

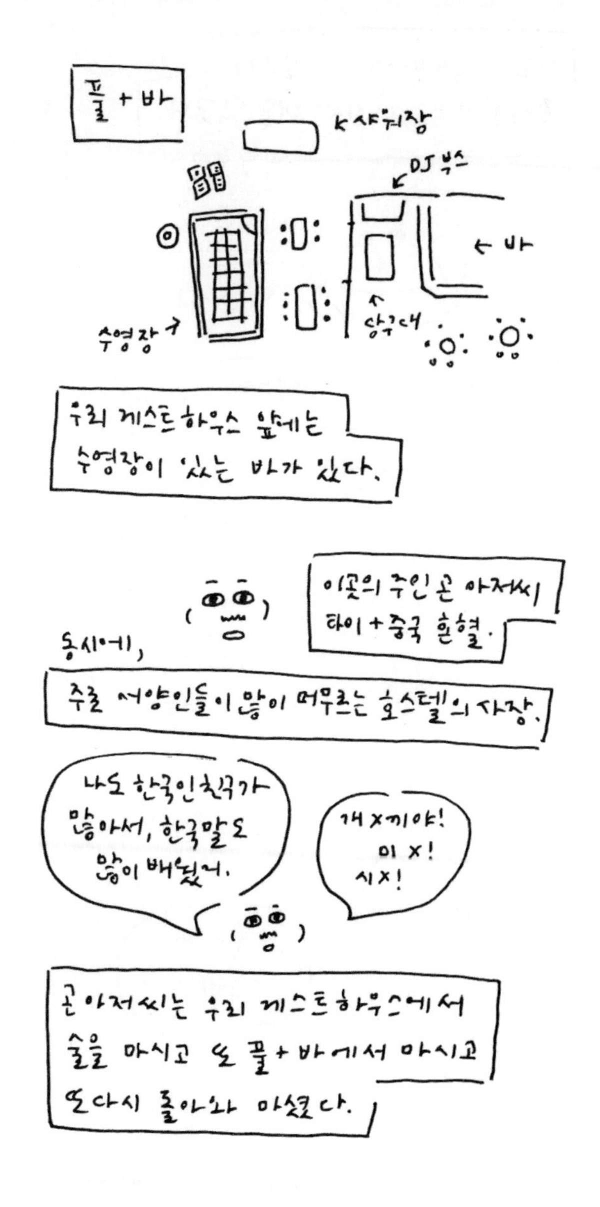

풀+바
샤워장
DJ 부스
← 바
당구대
수영장
우리 게스트하우스 앞에는 수영장이 있는 바가 있다.
이곳의 주인은 아저씨 타이+중국 혼혈.
동시에,
주로 서양인들이 많이 머무르는 호스텔의 사장.
나도 한국인 친구가 많아서, 한국말도 많이 배웠어.
개X끼야! 미X! 시X!
곧 아저씨는 우리 게스트하우스에서 술을 마시고 또 풀+바에서 마시고 또다시 돌아와 마셨다.

나는 그 풀+바에 주로 낮부터
죽치고 맥주를 마시며 책을 읽었다.

나는 혼자 노는게 너무 편했는데
곤아저씨는 나를 볼때마다 말했다.

바네사! 너가 동양인이라고
그렇게 애들이랑 안어울리고 그럼
안돼. 너 잘 놀아야지.

* 이렇게 좋게 말하진
않음.

얼른 와서 애네랑
같이 놀아. 좀!

Hi

Hi

난 혼자가
좋은데여…

수 많은 백인들…

쭈뼛…

그러던 중, 무리 중 하나가 다가왔다.

안녕! 우리랑 같이 놀래?

샤 —— 방

← 셔츠 단추를 잠그지 않은 캘리포니아맨

나는 대답했다.

why not?

테이블엔 백인 10명 정도가 있었는데,

Hi...

나는 바네사야...

쭈뼛

쭈뼛

from korea...

오! 나는 캐나다에서 왔는데 우리 할머니가 한국인이라 혼혈이야!

오! 한국! 슈퍼주니어!

여전히 쭈뼛

이야아아 —
하지만 술을 조금 마시니 숨길 수 없는 인싸력…
베를린 친구
열징-
호오…
그거 뭐야?
왱?
이거 말아피우는 담배.
나는 호흡기가 안좋아서
그냥 담배는 못피워.
그럼 왜
피우는 거지…?
자~ 하나 피워봐
고마워

음-
별루당
Hey, kim
대마 하고
있는 거야?
엥 이거 그냥
당밴데용...
우리나라에서 그러하면
잡혀가요
헐대박 얘들아
한국에선 대마하면
잡혀간대!!!
너리둥절
와 진짜야?
왜?
정말?
얼마나가?
와글
와글
캐나다
출신
네덜란드
출신
모...몰라...

그 후로 베를린 친구는 계속 담배를 가져다 줬고

곧 아저씨는 아껴둔 양주를 꺼내왔으며

따란~

깔깔깔

애들은 하나 둘씩 떠났다.

가지 마… 엉엉 엉…

코리안 피플은 아침이 올 때까지도 술을 마신다!

KOREAN…

결국 나도 가서 자려는데

취한 게스트하우스 사람들을 만났다.

vanessahkim
chiangmai

내면의 아싸력과 외부에서 작용하는 인싸력이 팽팽하다.

동~네 아줌마

게스트 하우스
근처에는 작은 주류점이 있다.

히히…

나는 매일 안주를 사서 그곳에서
맥주를 사 게스트 하우스에서 먹었는데

헤이! 컴!

?

싯! 잇!

어느날 가게 주인 아주머니가
가게에 앉아서 먹고 가랬다.

(대충 삼땅) 삼땅을
내어주며,

그후로 내가 지날 때마다 이모는 앉아서 뭘 먹고 가라고 했다.

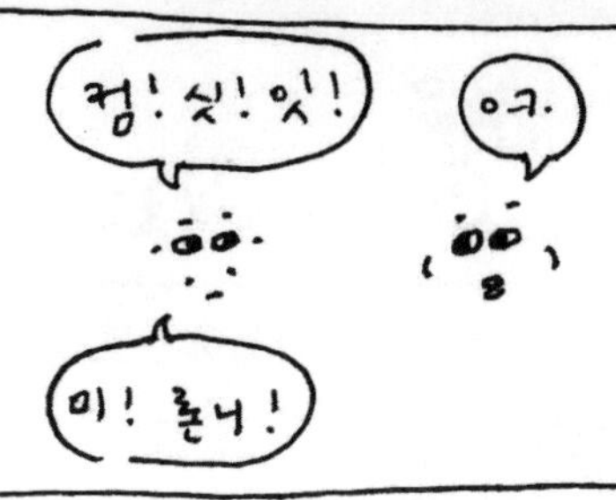

도대체… 어떻게 대화를 했는지 기억나지 않지만 이모는 이혼을 하고 작은 가게를 하며 혼자 산댔다.

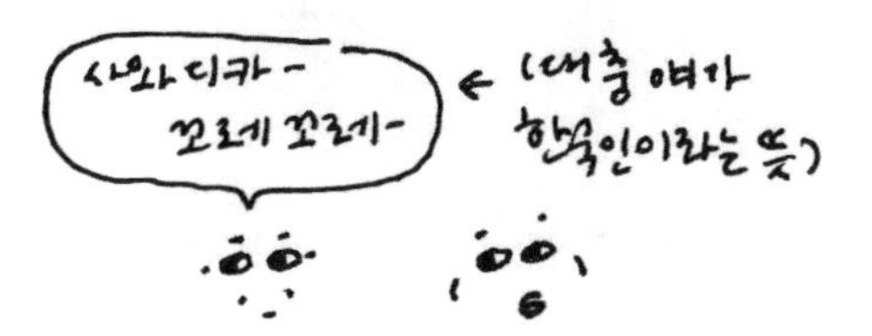

그리고 지나가는 모두에게 내가 한국인임을 알렸다(?)

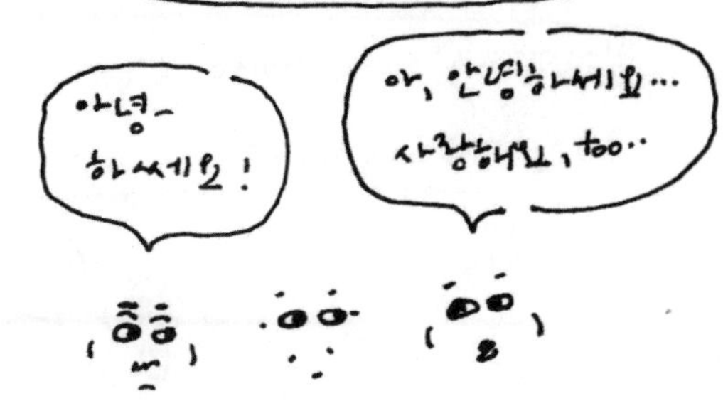

…외에도 동네에서 인사하는
친구들이 꽤 생겼는데…

필, 영국출신

그 중에서도 필은 아주 덩치가크고
무서운 느낌이었는데,

동네사람들 모두가 가볍게부르고 놀렸다.

※ '맨체스터유나이티드'라 불린 이유는
맨체스터 출신이라서인데…
'필'을 두고 굳이?

필과는 주로 오후2시에야 술취기가 가득한
얼굴로 마주치곤 했다.

hey

hey

어느날 필은 자신이 머무는 호스텔 뜰에서 술을 마시자 했는데,

할부지, 영국출신

거기서 또 다른 영국인 할아버지를 만났다.

그리고, 그곳의 스탭 캘리포니아 맨

이렇게 모여서 술을 마셨다.

*컵이 없어서 페트병을 잘라 컵으로 씀

그리고 캘리포니아 맨이 말했다.

사실 나도 여기 스탭인데
내가 술먹자 하면
여자들이 다 마셔서
곤이 시킨거였어 하하

필과 할아버지는 말없이 술을 마시고

미x놈들아! 왜 너네끼리
술먹냐!!!

큰 아저씨도 갑자기 난입하고(?)

(대충 양인들과
놀지 말고 우리랑
놀자는 뜻)

어떻게인지 게스트하우스의 중국인들도
나를 잡으러(?) 왔다.

이상한 날이었어...

한국인

외진 올드타운에 있다보니
한국인을 볼 적이 거의 없기도 했지만,
한국인들과 안 지낸 이유가 있습니다.

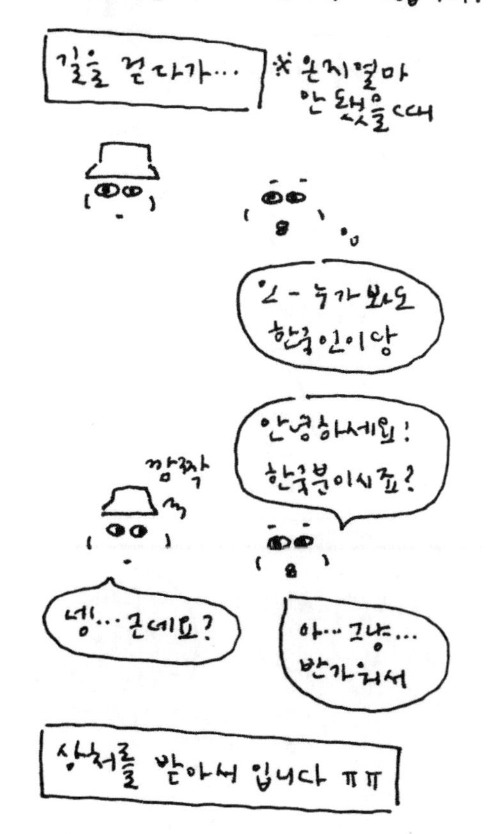

이곳에서 알게된 대부분의 중국인은
광둥쪽(남쪽) 사람들이었는데,

ㄴ, 사천출신

미셸이 가기 전 아주 내향인
사천 출신 친구를 하나 소개시켜줬다.

그냥...
우리집에 돈 너무 많아서
아무렇게나 살고있어.

...라고 하는 어쩐지 우울해보이는 ㄴ.

편견 그대로(?) 매운걸 좋아했다.

하루는 그 친구와 루프탑 바에서 칵테일을 마시고,

네 친구 올 건데 괜찮지?

네덜란드인

'그 네덜란드인' 친구 집에서 술을 마셨다.

ㄴ은 나에게 중국어 욕과 유행어를 많이 알려주었는데,

헐- 진짜 중국인 같아

여기 녹음해봐봐

어쩌구 저쩌구 잉잉 과이

← 대충… 유행하는 유머+힙합…

그 녹음본들을 들은 샤천의 친구들이 '중국인 아니냐?' 의심했다 했다.

동네 아줌마 가게 근처엔 저녁에만 하는 카오카무 트럭이 있다

헐!

oo...

그 음식의 이름을 몰라 비키에게 설명을 해서…

← 카오카무 한그릇 밥 조금, 포장

비키가 주문서(?)를 태국어로 써줬다.

카오카무는 한국 말로 하면, '족발밥'이라 할 수 있는데.

카오카무!

한국에서도… 방콕에서도… 그 트럭의 맛을 찾지 못했지..

그걸 정말 이틀에 한번은 먹었다.

음식 정보

저는 음식에 크게 관심이 없지만

※ 현재도 주식이 편의점

이건 먹어야 한다! 하는건

카오 소이 · 태국 북부에서만 먹을수있음

· 튀긴 면에 소스, 닭고기

그린 커리 · '이건 뭐야' 하고 안드실수 있지만 꼭 드셔야 합니다…

왜냐면 한국서 너무 비쌈

· 놀랍게도 제가 두번째로 좋아 하는 음식.

카오카무 · 아까 말한 족발밥

똠얌라면 · 똠얌소스 + 인스턴트누들조합

· 치앙마이대학교 앞 야시장에 맛집이 있음.

태국에서는 음식만 많이먹어도 이득입니다!

이대로… 팟타이… 500 바트…

FESTIVAL

브라질 언니(?)들

호스텔에 브라질 언니들(?) 셋이 왔다.

내가 생각한
브라질 사람은
이런* 사람들인데

*까무잡잡
삼바
히스패닉

생각보다 인종이 다양한가보다

강한 인싸의 향기에 나는 그들에게
차마 말을 걸지 못했는데…

헬로!
굿모닝♥

굿…모닝…

먼저 말을 걸어주었다.

인상도 무섭고 어쩐지 강해보이는
언니들이라 생각했는데…
우리 다 스물셋인데
넌 되게 어려보인다~
나는 의사고
쟤는 변호사,
쟤는 선생님이야
우와…
난 그냥 책 만들어
작가야?
와 대박멋있다
아니 난 그냥…

다들 여기서 뭘 하는지는 모르겠지만

바! 넷! 사!

… 하는 소리가 어디선가 들리면
그 친구들이었다.

껄, 꿀

하루는 어디선가 술을 마시고 들어오는데
그 친구들이 같이 술을 마시자 했다.

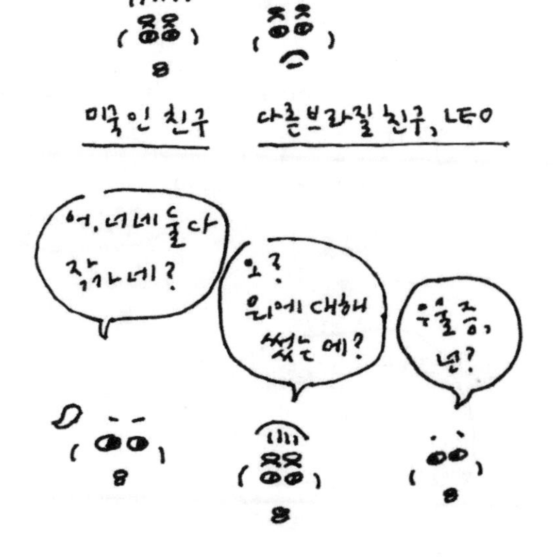

비밀이야. 난 그저 아마존에 있어서 인세로 여기선 놀고 먹을 수 있어서 여기 있는거야
오오~ 워너비...
소곤
쟤 책 제목이 <how to have a great ~~sex~~>야 ㅋㅋㅋ
*진짜임
헐...
대단한걸... 그런걸 써야 하...
근데 내일 페스티벌인거 알지? 같이 갈래?
잉? 몰랐는데?
그럼 일단 같이 가는 걸루 — 짠! 오브리가도 —

다음날 ← 아무생각없이 책장을 넘는중

바네사!!! 빨리타!!!

흰 썽태우가 기다리고 있었고 브라질 친구들이 페스티벌에 가자고 했다.

나는 그대로 차에 올라탔는데, 약 10명의 브라질 사람들만이 있었다.

지금껏 중국인 투어만 했는데 이번엔... 난 뭘까...

우리의 친구들(?) 외계는
'영어를 잘 못해서'
내가 포르투갈어를 배우기로 했다.

와글 와글 와글 와글

'어쩐지... 엄청난 텐션

넌 이거 두 단어만 알면돼!

'이것만 알면 우리랑 소통 가능!

'따라해봐'

두 = 너

로우카 = 미쳤다

두...로까...?

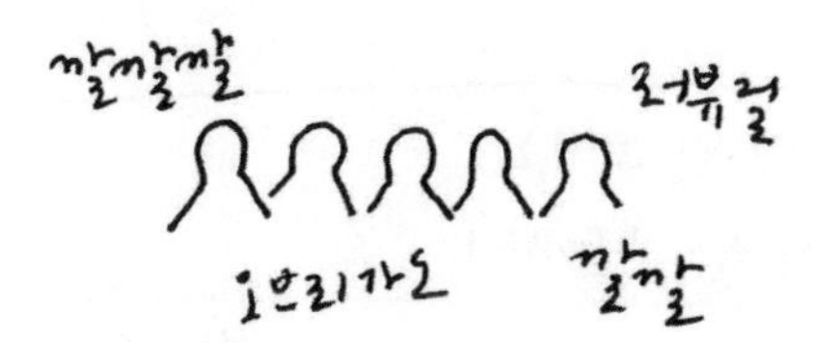

그 후로 나는 통을 잘 보다가
내가 아는 유일한(?) 포르투갈어를
적재적소에 사용했다.

*: 그럴수록 그들의 텐션은 더 올라갔고,
자화자찬 맞음

한참을 가서 웬 시골에 내려졌다.

와글 와글 깔깔

이미, 이들은 축제 속에 있는 것만 같고

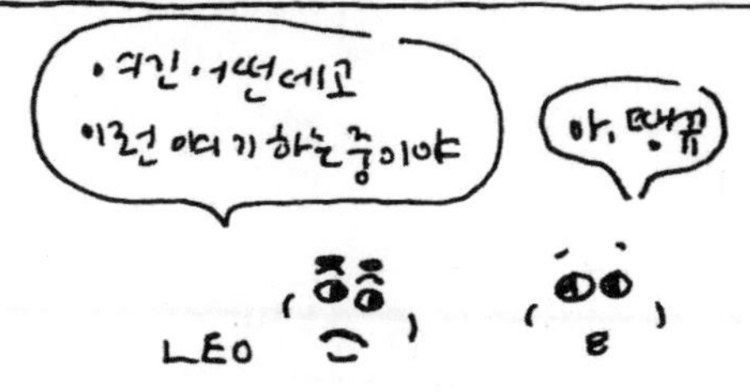

그 친구들은 그 텐션 그대로…
100바트짜리 풍등 앞에서
우기고 흥정을 해서 개당 50바트에 받았다

나는 계속해서 홀로 저텐션으로 챙겨줬다

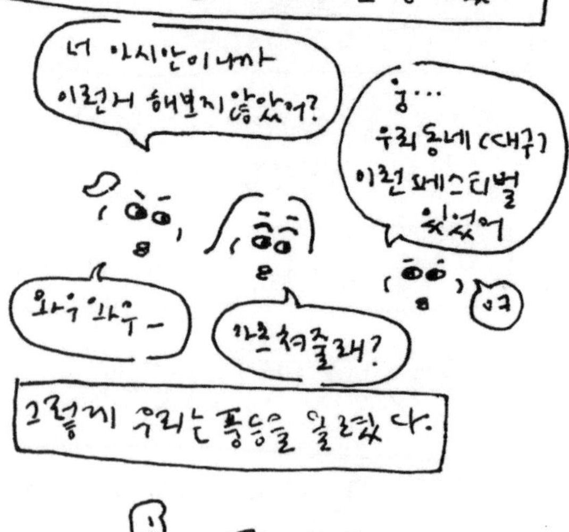

소원을 빌어야해

다시 돌아가는 길…

축제잖아! 노래를 하자!

← 아무도 술 안 마심

그러고는 나 포함 10명이 손에 손을 잡고 인파를 헤치며… 브라질 노래를 불렀다

나도 이제 모르겠다…

그런데 어째서 따라 불러지지

종종 브라질·남미 사람들을 만나면 그 자리에서 춤도 추고…

※ 차마 그릴 수 없다.

이것이 삼바 정신!

흥의 민족!

아, 물론 지금 설명하는 것보다 저도 더 많이 정신을 놓고 놀았답니다…

브라질 친구들이 떠나기 전날 밤

그 후, 이듬해,

이 친구는 여전히 이 메모들을

가지고 있다며 메시지를 보내왔다.

PA1

함께 페스티벌에 갔던
브라질 친구 중 한명, LEO

Hello

너 책 만든다고?
나도 책에 관심 많은데!

…하며 친해졌다.

근데 너
빠이도
가봤어?

엥, 아니?

왜?

왜?

좋아하는 사람도 있고,
거기에만 있는 사람도
있을 정도로! 또 아닌
사람도 있는데, 넌 좋아할 것 같아

오, 잘은 모르겠지만
어차피 할 것도 없고
가는 방법 알려줄 수 있어?

나도 별일 없기도 하고
보고 싶은 사람들도 있으니,
그럼 같이 가자!

썽태우부터 버스 예매까지
빠이로 가는 모든 준비를 레오가 했다.

※지금껏 나와 여행을 다녀온
모든 이들에게 사죄합니다…

대략 이정도로
구불구불한 산길을 지나면 빠이 도착!

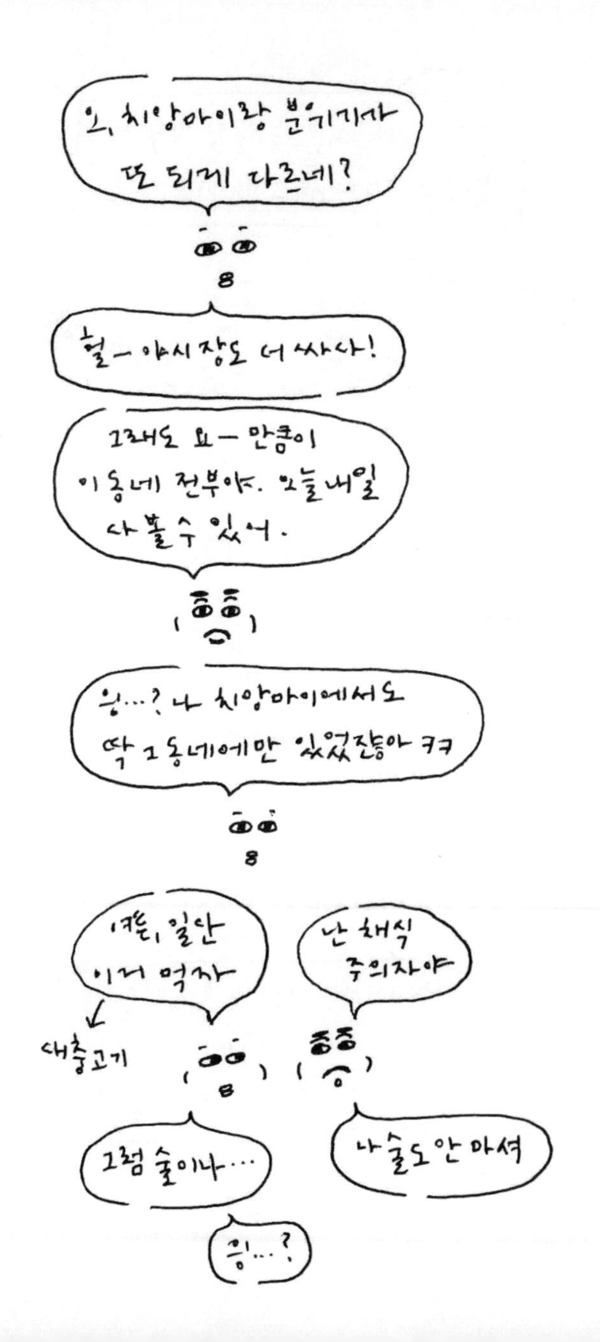
오, 치앙마이랑 분위기가 또 되게 다르네?
헐- 야시장도 더 싸다!
그래도 요- 만큼이 이동네 전부야. 오늘내일 다 볼수 있어.
응…? 나 치앙마이에서도 딱 그 동네에만 있었잖아 ㅋㅋ
여튼, 일단 이거 먹자
새끼고기
난 채식 주의자야
그럼 술이나…
나 술도 안 마셔
흥…?

여하튼, 나와 전혀 안 맞을 것
같은 레오와 재즈 바에도 가고,

짝짝

짝짝짝짝

야외의 바에 앉아 이야길 나눴다.

무알콜
(레오것)

독한 알콜
(내것)

술 안 마시는 사람과도
생각보다 잘~
지낼 수 있구나…

※ 태어나서 처음 앎

사실 내 여자친구가 한국인이거든,
그래서 지난 겨울에 서울에
한 달 있었는데, 너무 우울했어

내가 '외국인'이라 그런가?
까만 편이라 그런가?

다들 피하는 것 같았어.

특히 지하철에선
내 옆자리에 안 앉고

말 걸어도 싫어하는 것 같고

영어로 말해야 한다는
부담 때문일 수도 있어.
너무 맘에 담지 마.

그때 자주 가던 집 앞 카페가
있었는데, 그 카페 커피는 진짜,
내가 브라질에서 왔어도,
세계 최고였어. 꼭 가 봐.
사장님도 너무 좋아서, 그나마 버텼지

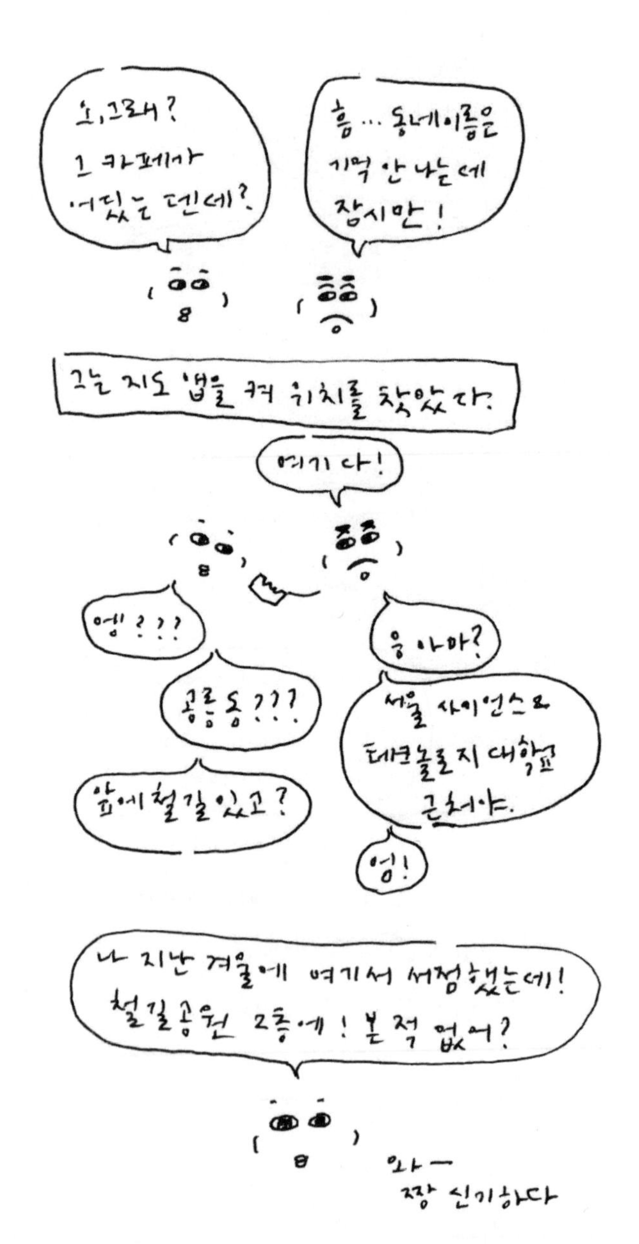
오, 그래? 그 카페가 어딨는 덴데?
흠… 동네 이름은 기억 안 나는데 잠시만!
그날 지도 앱을 켜 위치를 찾았다.
여기 다!
엉???
응 아마?
공릉동???
서울 사이언스 & 테크놀로지 대학교 근처야.
앞에 철길 있고?
엉!
나 지난 겨울에 여기서 서점했는데! 철길공원 2층에! 본 적 없어?
와— 짱 신기하다

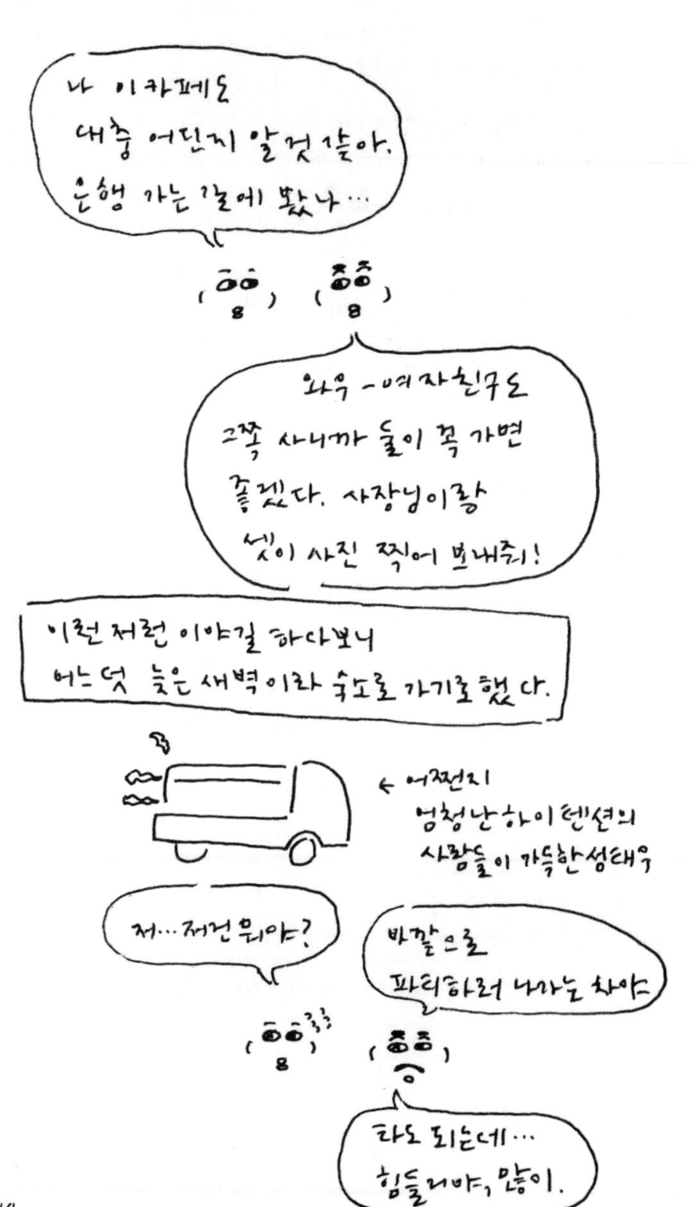

나 이 카페도
대충 어딘지 알 것 같아.
은행 가는 길에 봤나…
와우 - 여자친구도
그쪽 사니까 둘이 꼭 가면
좋겠다. 사장님이랑
셋이 사진 찍어 보내줘!
이런 저런 이야길 하다보니
어느덧 늦은 새벽이라 숙소로 가기로 했다.
← 어쩐지
엄청난 하이텐션의
사람들이 가득한 섬태우
저… 저건 뭐야?
바깥으로
파티하러 나가는 차야
타도 되는데…
힘들거야, 많이.

저 중심에 있는 사람…
누가 봐도 한국인인데?
oo…
내 기억 속 그를 묘사해보자면…
이상한… 머리
머리에 이상한 천
좀 덜 입은 옷
안녕하세요!!!
코리안
타세요, 타! 놀자!
그의 엄청난 인사력에…
아…제가 피곤해서…
행복하십쇼…
했다.

빠이 숙소

여행자들과 지내서
태국어보다 영어를 잘함

2~3살 쯤되는 아기 거북이

…가 있는 곳이었다. (이름 모름)

남녀혼숙 10인 도미토리였는데…
분명 우리도 늦게 들어왔고,
아무도 없었는데…

씨익~

굿모닝, 스위티

'개' 말고
다른 수식어를 찾지 못함

깨어나니 개 잘생긴
프랑스인이 인사를 했다.

구…굿모닝…

다시 아침,
우리는 스쿠터를 빌리기로 했다.

여기서
가볼 만한 곳은

스쿠터로 하루면 되지.
내가 길 알려줄게
운전은 니가 ㅅㅅ

그리하여 우린 산에도 가고,
캐년이었나요? 그런데도 가고,
폭포 아래서 수영도 할까말까해보고…

음, 아시다시피

저는 관광지에
관심이 없어서
기억이 안나요!

헤헤…

돌아다니다 산 중턱의 카페에 갔는데,

아…
내 그림 실력으론
묘사할 수 없을 만큼
아름다운 풍경이었어요!

그 아름다운 풍경의 카페에서
레이가 한 이야기는,

내가 니 책에 대해서,
우울증에 대해서 궁금하댔잖아

그게 내가 우울증이
심해서였거든.

지금은 말랐지만,
예전엔 100kg도 넘고
하루에 담배 두 갑 피우고
매일 술을 아침까지 마셨어.

다행히 아빠 회사에
다녀서 아빠 눈만 피해서
다시 자다가 술 마시고…
이 반복이었어.

그런데 어느 날,
이래선 안 되겠단 생각이
갑자기 드는 거야!

그래서 술 담배도 끊고
채식도 하고 책도 읽기
시작했어.

그 후로 많이 변했어.
몸도, 마음도

이런 이야기 사람들한테
잘 못 하는데, 얘기할 수 있어서
좋다. 들어줘서 고마워.

아냐, 말해줘서 고마워

나도 술부터 끊어볼까? 물론 조크…

이런 이야길 하고 한참 그곳의 풍경을 바라봤다.

내일 하루 더
빠이에 있을까?

그래, 그러자.

다음 날도 스쿠터를 빌려
근처의 예쁜 카페에 찾아갔고
술을 마셨고, (돌아와서…)
치앙마이로 돌아왔다.

이름해

바네사!
너 그때 한국판 구글에
검색했더니 좋은 곳 많이
나왔잖아?
거기서 베트남 호치민에서
가면 좋을 곳 찾아봐줄 수
있어? 여자 친구랑 가기로
해서

ㅇㅋ

좋은 곳은 진짜 한국인들이
잘 아는 것 같아

나는 또 네이버 블로그들에서
'핫한', '트렌디한' 공간들을
찾아 보내주었고,
만족스러운 여행이었다고 한다.

※ 아무도 나는 나를 위해
찾지 않지 T.T

다시 치앙마이로 돌아오니
손님이 많아졌다.

바글 바글 ← 10명쯤

졸업 기념으로 여행 온 호주 애들.

바글 바글 ← 또 다른 무리

게다가 치앙마이 대학교 학생이자,
베키의 사촌동생 친구 무리까지.

※ 낯을 가려서 나에게 말걸지 못했다지만
매일 게.하에서 한국드라마를 봄.

우리는 모두 모여 술을 마시기로 했다.

놀랍게도 대학생들은 한국어과 친구들이라
뜻밖의 교류 중임,,

※ 함께 참께하면 먹음!

Nae

Kim!
너어제 술 엄청
많이 마셨지?
기억나?

마시는
(술사진)

기억은 안나지만...
제가 무척 즐거웠던
것 같네요...:)

마지막 날

Kim! 너 치앙마이 북페어 갈래?

영어로 된 책, 아트북, 그림책도 많을거야

그래서, 컨벤션 센터에서 하는
Big Bad Wolf 북페어에 갔다.

와...

서울국제도서전보다
크고... 싸다!

그곳에서 이것저것 사서
후에 또 친구들에게 나눠주었다.

동네 주민들만 간다는 휴양지도 가고,
Nae는 마지막으로 재미있는
추억을 많이 만들어줬다.

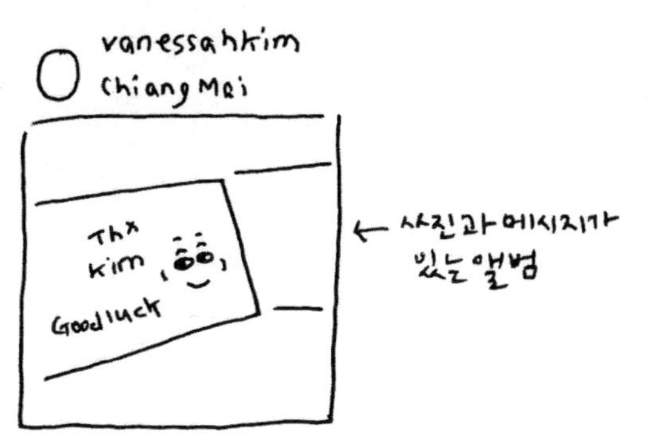

Special gift from
the staffs ♡

다시 또 보자고,

송크란 때 오라는,

이야길 하고 헤어졌다.

정말 다시 볼 수 있겠지?

2018 ——— 2019 ———

2020

BANGKOK

막간의 글!

다시 치앙마이에 온 이유

터키에 갔습니다. 하지만 터키에서의
생활은 매일 울적했고, 내내 구글 맵과
스카이스캐너를 켜 놓고 '어디로 떠날까'
생각했지요. 런던 직항 10만 원, 베를린은
10만 원 쯤. 아무리 가보고 싶던 나라까지
저렴하다 해도, 추운 곳에 혼자 머무르고
싶지는 않았어요.

그래서 '일단 태국에 가자' 생각했지요.
내가 행복했다 기억하는 치앙마이로요.

Khaosan Road

여행자들이 모이는 카오산로드에 갔다

흠...

혼자오니 별로 할게 없구만...

큰길쪽 문 닫은 가게에 혼자 앉아
담배를 태우고 있을 때...

야 이제 뭐할까

몰라 술이나...

오랜만에 듣는 한국말에 감격하여,

안녕하세요

깜짝

헉 당연히 외국분이신줄 알았어요

제가 한국말을
너무 오랜만에 들어서
그만...

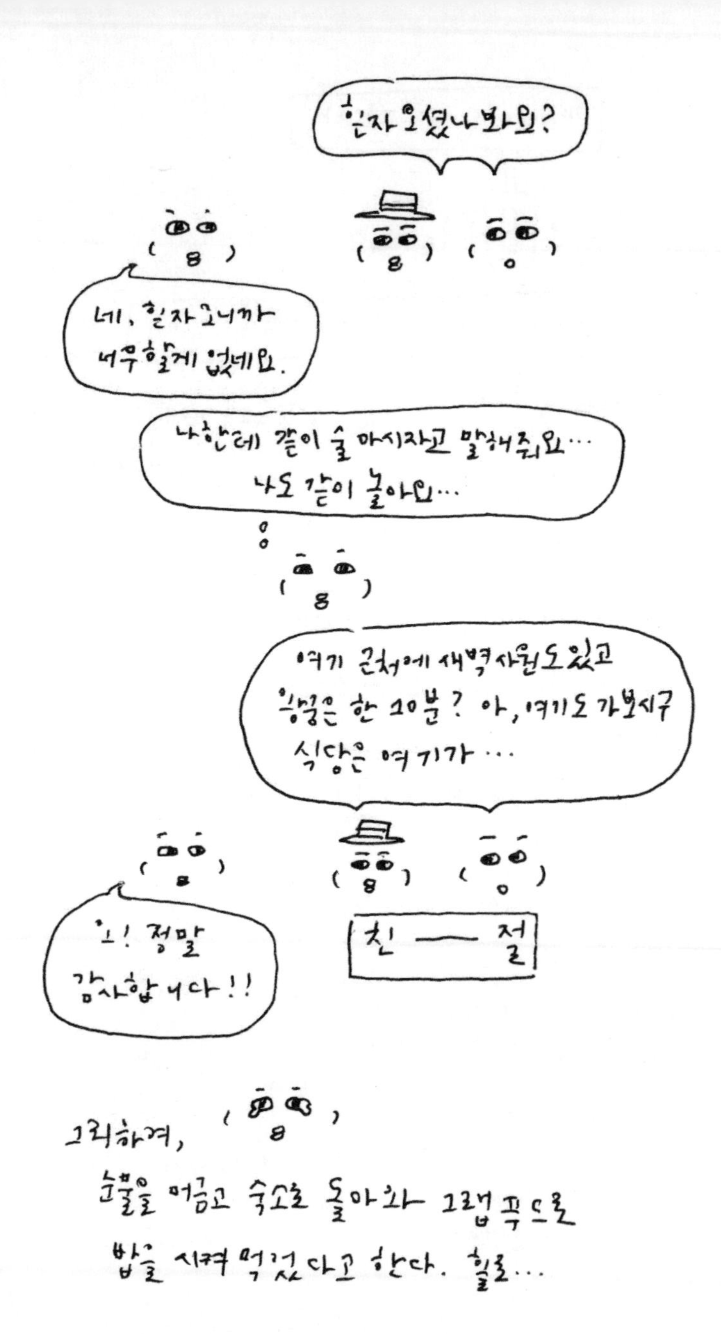
혼자 오셨나봐요?
네, 혼자 오니까 너무 할게 없네요.
나한테 같이 술 마시자고 말해줘요… 나도 같이 놀아요…
여기 근처에 새벽사원도 있고 왕궁은 한 10분? 아, 여기도 가보시구 식당은 여기가…
오! 정말 감사합니다!!
친 — 절
그리하여,
술을 먹고 숙소로 돌아와 그랩푸드로 밥을 시켜 먹겠다고 한다. 힐로…

캐리어가 두 개나 있느나,

엄청큼 → ← 기내용

터키에서 계획없이 왔기에 여름 옷이 없다.

타바코북스 기탁님 일러스트 티셔츠 →

← 잠옷으로 가져온 (하지만 추워서 입지못한) 반바지

이 한벌 뿐,

여름 옷을 사기 위해 카오산로드에 갔다가,

다시 시암으로 갔다.

어쩐지

쇼핑몰이 많았던 기억이 나…

그랩바이크에서 내리자마자,

어디선가 들려오는 한국노래

혹시… 이곳은 서울?

한국 아이돌 사진가게

닭갈비집

한국(?)형 카페

내리자마자 눈 마주친 블랙핑크 멤버 광고판

결국 길에 있는 웬 마켓에서
이런 저런 옷을 사서 돌아왔다.

장사를 한다면 꼭 방콕서 서울을
팔아먹으리… 생각했다.

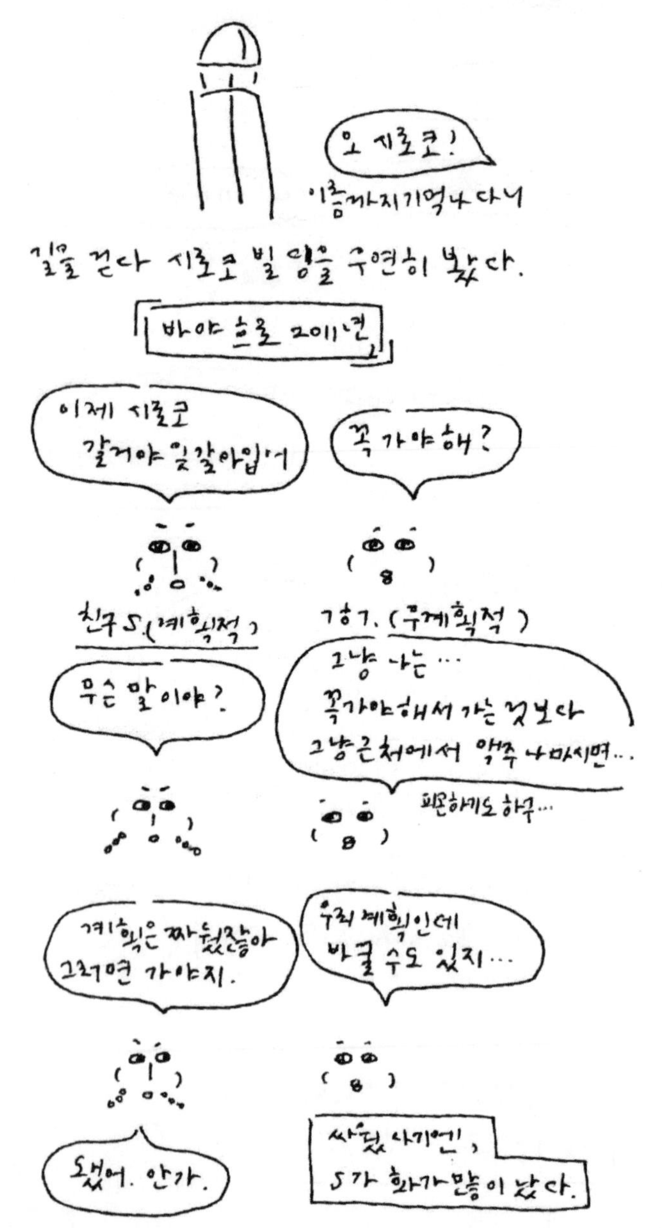
오 시로코!
이름까지 기억나다니
길을 걷다 시로코 빌딩을 우연히 봤다.
「바야흐로 2011년」
이제 시로코 갈거야 옷갈아입어
꼭 가야해?
친구 S. (계획적)
ㄱㅎㄱ. (무계획적)
무슨 말이야?
그냥 나는… 꼭 가야해서 가는 것보다 그냥 근처에서 맥주 마시면…
피곤하기도 하구…
계획은 짜왔잖아 그러면 가야지.
우리 계획인데 바꿀 수도 있지…
됐어. 안가.
싸웠다기엔, S가 화가 많이 났다.

그날은, 결국 자고자에게 사과를 하고
시로코에 갔다.
이런 원피스를 입고,
이런 우두를 신고.
시로코
미안해.
안 간다 그래서…
되게 좋다. 그치?
나도 후회할 뻔했어
내일은 꼭 걷다가
아무 데서나 밥먹어보자
맛집찾지 말고
응.
…이런 기억이 났다.

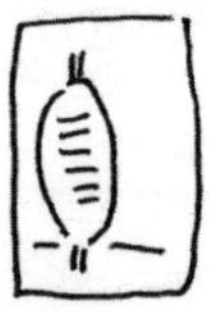

나 이거 봐, 여기 케밥 있어 :)
여기 바클라바(터키 디저트)도 있어
이거 너가 사고 싶었던 옷 아냐?

데보 하하.
니가 기분 좋을 때 나도 좋아.
그런데, 동시에 기분이 안 좋기도 해. 나도 같이 태국에 있고 싶어.

← 스호리지 마사장님이
추천해준 'Good Girls'

새벽 늦게까지 넷플릭스 보다가 늦게 일어남.

← 터키에서도
12시-1시에 일어났다.

대충 씻고 대충 나가니 3시였다.

대충 태국디자인센터에서 일하려 했지만

changed
~21:30
주~19:00

두 시간 밖에 안 남아 대충 돌아다니다 왔다.

← 국물을 이렇게 줌

대충 그랩 푸드를 시켜 먹고

다시 대충 넷플릭스를 봤다.

오늘 끝...

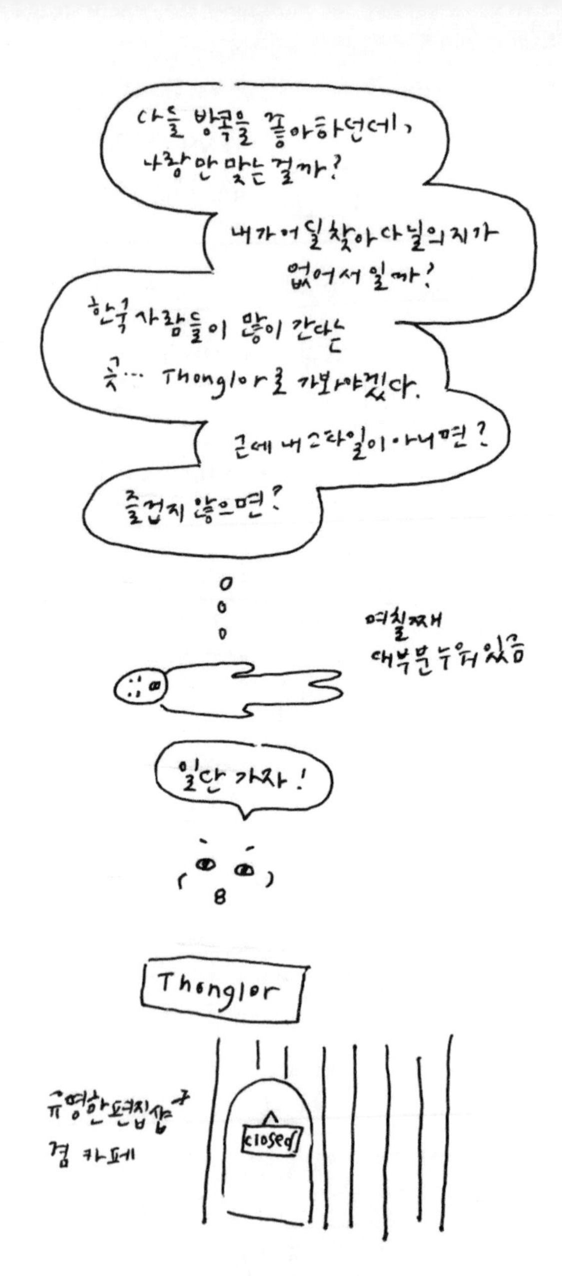

다들 방콕을 좋아하던데,
나랑 안 맞는 걸까?
내가 어딜 찾아다닐 의지가 없어서일까?
한국 사람들이 많이 간다는 곳… Thonglor로 가봐야겠다.
근데 내 스타일이 아니면?
즐겁지 않으면?
며칠째 대부분 누워있음
일단 가자!
Thonglor
closed
유명한 편집샵 겸 카페

닫았스타그램

너무너무 덥지만 좌절하지 말자

걷다 보면, 골목골목 좋은 곳들이 있을 거야

1 시간째 걷는 중

동로 지역은 월요일에 대부분 쉬는 구나!

#깨달음 #닫았스타그램

그래, 내가 예쁜 카페 가서 일하겠어…

← 와서 매일 먹는 튀긴 돼지고기 덮밥

밥이나 먹고 돌아가서…

Rooftop bar here

오!

그렇게 우연히 동로역 바로 앞
루프탑 바에 가게 되었다.

지상철 다니는 모습을 감상할 수 있음.

모히또를
한잔 시키고,

재밌냐!

가이언니와
영상통화를 했다.

좋다던, 유명한 곳엔
못갔지만...

아니용 흥흥

쭉 그렇게 우연히 살아왔듯 오늘도,

우연히 이곳을 찾아 다행이었다.

따뜻한 바람이 불어왔다.

vanessahkim

오늘 하루는 참 서울에서의 저,
제 삶과 다를 바 없다는 생각을
했습니다. 뭘 찾는지도 뭘 하고
자 하는지도 저조차도 모르는데,
남들이 가는 곳을 기웃거리기도
하고 무작정 모르는 길을 걸어
보기도 했습니다. 남들은 알아
서들 좋은 곳을 잘 찾아 다니는데
나만 왜 여기서까지 시간을
이렇게 허투루 보내나.

Bangkok

언제나처럼

하지만 나는 방콕-치앙마이
기차표 예매를 잊고 있었고…

전날이 되어서야 취소표를 구함.

심지어 visa, mastercard만 결제가능해서

내꺼써라

5만원 나오네

인생의 모든(?) 문제를
상담하는 래성

카드도 빌려서 결제하고,

기쁜 맘으로
술도 사다 마시고
잠들려…

했지만…

한숨도 못자고
길을 나서는데…

야간기차 타기

※ 거의 최초로 정보를 담고 있음.

짐을 싸고 게스트 하우스를 떠났다.

어쩐지 더 늘어난 짐.

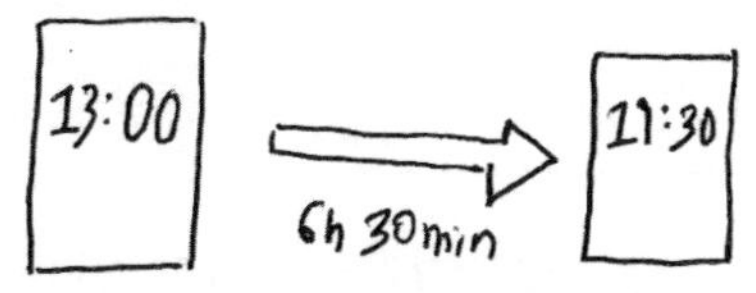

짐은 무겁고 할일은 없고
잠을 쫓자 힘도 없다. 남은 시간 6시간 반.

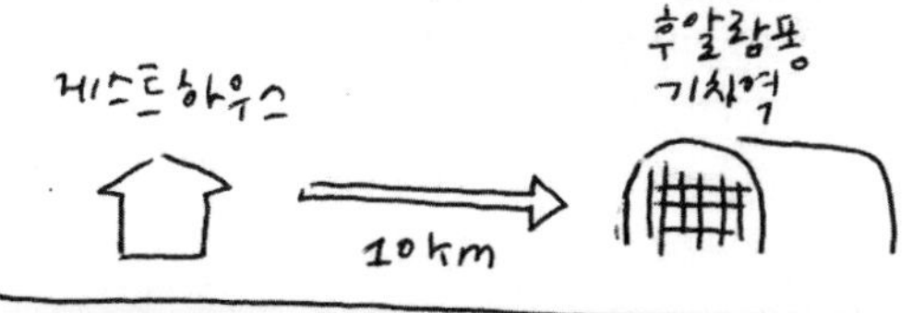

게스트하우스에서 기차역까지 거리는
멀지 않지만, 교통 체증이 심해 오래 걸렸다.

약 40분

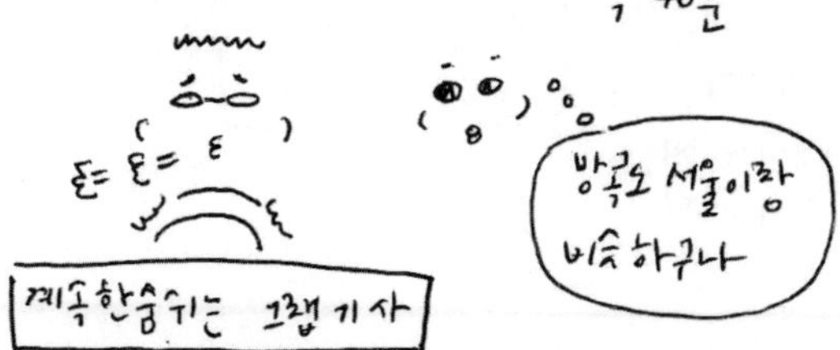

어쨌든 기차역 도착.

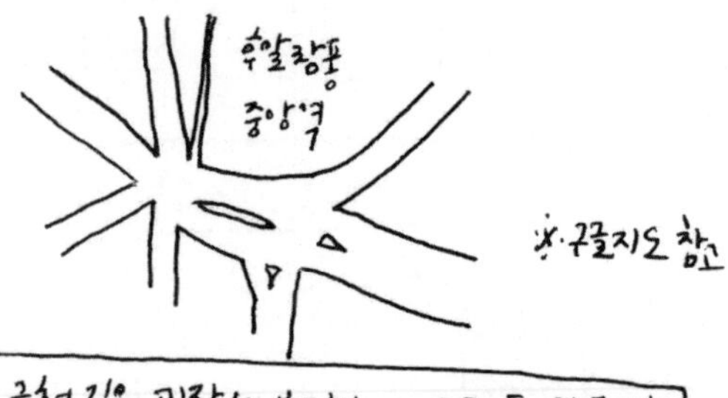

기차역 근처 길은 굉장히 복잡하고, 도로 폭이 크다.

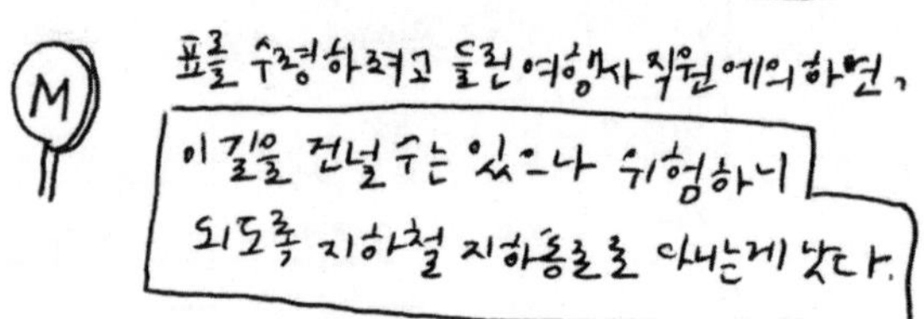

역사는 대충 이렇게 생김

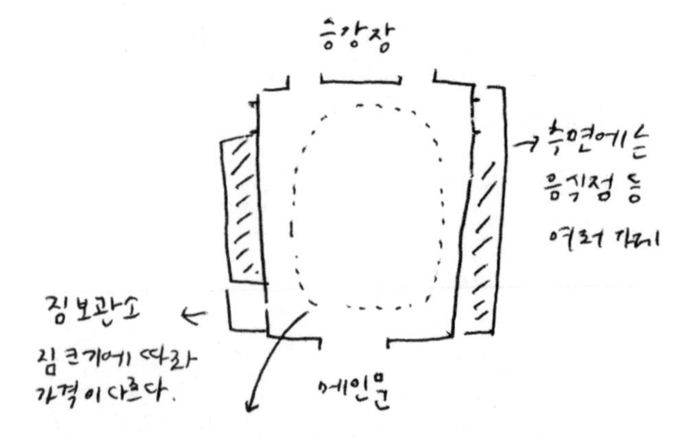

세븐 일레븐에서 큰길 쪽으로는 카페와 음식점이
몇 있는데, 생각보다 가격이 비싸지도 않고 맛도 좋다.

※ 기차역 근처/공항은 비싸고 맛없다는 편견…

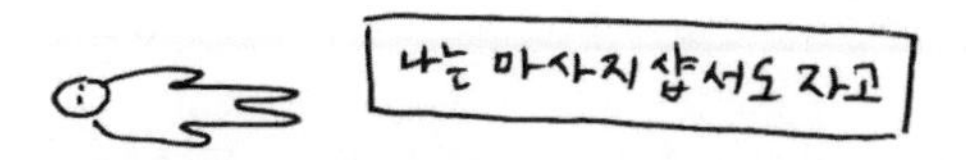

아마 카자흐스탄 즈음서
받은 귀마개를 끼고 잘 잤다.

※ 시간 맞춰서 신형 기차를 타세요, 꼭!

CHIANGMAI
AGAIN

치앙마이에 온 건 순전히
단 한 마디 때문이었는데…

"I miss you"
누군가가 나를 그리워한다니!

나 어디 지내고 있어? 방콕?
네 아니, 나 계속 치앙마이에 있어.
나 아? 그래! 나 어느 도시에 갈 지 찾아보고 있어서.
네 치앙마이 와.
그립다.

여차여차 치앙마이 도착!

아흑흑… 이 짐을 끌고
「아디야만 - 이스탄불 - 모스크바 - 방콕
- 치앙마이」라니… 어쩐지 집에
돌아온 느낌이야…

도착해서 썽태우를 탈 때까지는
무척 기분이 좋았다.

여기도 알고,

저기도 알고…

하지만
지난해 머물렀던
호스텔에 도착 후,

KAMPOR

어… 실례합니다.
'비기'한테 말해서
예약했는데요.

비기가 누군데?

여기 사장 비기.
본명은 모르는데.

사장 바뀌었는데요

그럼 혹시 휴대폰
충전해서 내가 그 사람한테
연락해봐도 될까요?
응. 콘센트는 저쪽
숨막히는 분위기야…
잠깐 나갔다와야지.
앗 저 사람은?
그때, 건너편에 보이는
익숙한 얼굴
Hey Gone!
Kim!
작년에 자주 가던 풀+바 사장,
곤 아저씨였다.

들어보니,
비키는 하던 다른 사업이 커져서
친구에게 호스텔을 팔았다.

끙...

그럼 여기있을 이유가...

동네 아주머니 가게도 사라졌다.

모르는 가게들이 많아졌고,
익숙하지만 익숙하지 않은 듯한
이 동네.

기분이 이상하군

생각해보면 내가 자라온 모든 공간이
그랬다. 변해서, 너무 변해서
찾아갈 수 없다.

낮의 치앙마이는 어색해서 밥을 먹고
코워킹 스페이스에 가보기로 했다.

울적한데 일이나 하자…

디지털 노마드의 성지로 불리는 치앙마이엔
코워킹 스페이스가 많았는데,

฿300

฿500

฿700

생각보다 많이들 비싸서 가장 저렴하고
작지만 평점이 좋은 곳에 가보았다.

*약 150 바트(7000원)로 기억.

호… 생각보다 괜찮은데?

누가 봐도 한국인인데

*후에 보니
정말 한국어
책을 가지고 있었다.

처음엔 한 명이 있었는데 곧
다양한 인종의 사람들이 모였다.

그리고 앉아서 내가 한 일은…

카페에 가입해서 맥주마실 사람 찾기!

안녕하세요,
어쩌구 저쩌구~
...
저는 20대 여성이고
또래 여성분들 중 같이 놀아용

이런 글을 쓰니 연락이 많이 왔다.

반가워요!
혹시 이따 맥주 드실래용?

지금도 괜찮은데,
왜 이따가요?

아, 제가 일을 하고 있어서

우와 신기해!

퇴사자의 성지

작년엔 한국인을 못 만나서 몰랐지만... 이번에 알게 된 것!

특히나 여자 혼자 1-2달 장기로 머무를 때의 특징인데...

① 퇴사하고 마음이 헛헛해서

② 그래도 여기 왔으니 글이든 그림이든 제 컨텐츠를 만들어 보려고 했는데...

③ 역시 매일 술 먹고 맛집에... 뭘 하지는 못했네요

↑ 쉬면서도 죄책감 느낌ㅠㅠ

나는 어릴적부터 밥보다 빵을 좋아했다.

외국가도 잘 살겠네

아부지 →

실제로 어디서도 무엇도… 가리지 않았으며

한식외에 다른음식들이 더잘맞는다 생각했다.

라임을 밥에뿌려먹음 →

필리핀에서도

← 매일 크로아상 먹음

스페인에서도

하지만…

이 장기 여행 또는 방황에서 얻 깨달은 것은,

회…회에 초장 듬뿍 찍어서

깻잎에 마늘 넣고 싸먹고 싶어요…

소주… 그다음은 매운탕에

공깃밥 반 공기… 너무 먹고 싶어요…

울먹…

내가 한식을 생각보다 많이 좋아한다는 사실

안녕, 현경씨!
오늘 뭐해용?
어떤 친구랑 밥 먹을 건데
올래요?

오, 좋죠

카페에서 연락온 사람 중 하나인
나래 언니였다.

나는 있지,
그냥 얼굴만 보면 알아.
딱 우리과인거.
잘 맞을 것 같아.

난 잘 모르겠지만... 굉장히 밝은것 같군

무슨 이야길 그리 했는지 기억나지 않지만,
셋이서 오래도록 술을 마셨다.

열두시가 되었다.

※술못파는시간

여기 새벽 두 시까지 하는 클럽 있거든요. 시설은 모르겠는데, 나 거기 음악을 되게 좋아해서

ㅇㅇ

h

ㅇㅋ

우리는 앉아있고…

언니는 혼자 선글라스를 끼고 춤을 췄다.

← 새벽의 클럽 맞음

대박멋있다 그죠?

ㅇㅇ, 난 못해 ㅋㅋ

근데 여기 웬 수박을 주네

free수박

수박 많이 먹고 가야겠당.

…하던 차 나는 급! 우울해졌다!

※. 우울해진 이유는 따로 있긴 함.

울먹

혼자 나가서 담배를 태우는데…

왜 그래요?

그냥… 원래
제가 좀 그래요

자괴감도 들고

그날 언니와 이런저런 이야길 했다.
내가 어쩌다 이런 사람이 되었는지.

믿을 건 본인 밖에
없어.

본인이 얼마나
멋진 사람인지
스스로만 모르는 것
같은데?

…하는 말이 기억난다.

훌쩍—

고마워요.
들어가죠.

우리는 거의 매일 만나 술을 마셨다.

레파토리는…

· 밥과 함께 술을 마시고,

· 또 어디선가 술을 마시고,

· 열두시가 되면 그 클럽에 가고

언니는 춤을 추고,
나는 주구장창 흡연실에서
사람들과 얘길 했다.

그러면서 언니가
많은 친구들을 소개해줬다.

베를리너!

특징: 진짜진짜 — 착함

사 — 나 베를린으로 가려다가 추울 것 같아서 여기 왔는데,

그래?

지금 엄청 추운거 맞지, 거기?

ㅇㅇ. 그래서 난 베를린 싫어. 잘했다

스패니시!

특징: 매우 진—짜 착함.

직업 DJ

나는 나래가 내 음악을 좋아해줘서 좋아.

누구는 왜 여기서 DJ를 하고 있냐 할 수도 있지만,

내 음악에 춤추는 사람들이 좋아

디지털 노마드

작년엔 컴퓨터를... (말을 잇지 못함)

하지만 올해는 나도 디지털 노마드!

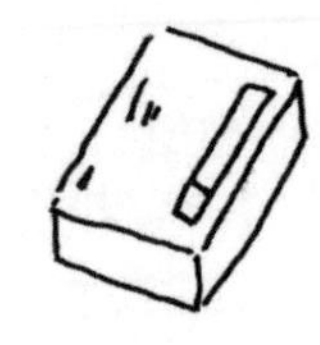

← <물의 기록> - 안군,
스토리지북앤필름

<나를 채운 어떤 것>
10명 저자,
이보람 일러스트
gaga 77 page

이렇게 두 권을 노마드 상태(?)로 작업했고,

CLASS 101

○ 이건 이렇게 하나요?

↳ 네 맞습니다! 잘하셨어요!

클래스 101 수강생 분들께 답글도 단다.

디지털 노마드의 장점은,

오늘은 어디가서 작업하지?

...라는 행복한 고민을 할 수 있다는 것인데,

원래도 그랬네...

무엇보다 좋은 점은,

멋있다... 이런 나...
디지털 노마드...

...하는 생각.

h와 고양이

사래 언니와 함께 어울리는 h는
첫인상이 '새침하다'였는데

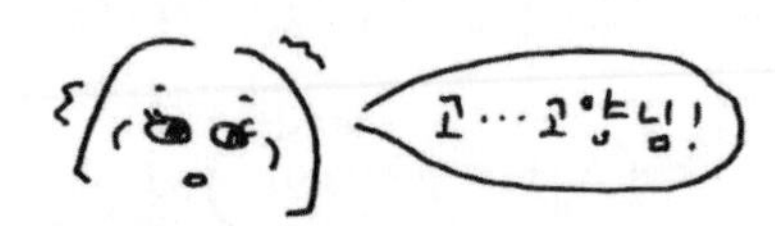

착하고, 고양이에 미친자(?)다.

어떤 카페에 아기 고양이 세 마리가
들어와 살게 되었는데,

그 친구는 용품을 산다고 20만원 넘게 썼다.

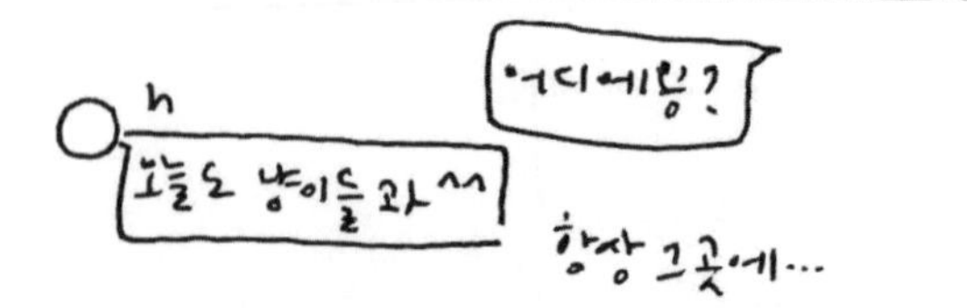

심심해서 나간 선데이마켓에서,
첫날 만난 퇴사자가 데려왔던
송송이를 만났다.

(송송이, 대학생)

여어―

엥? 여기서 뭐해요?

관광.
넌 뭐하는데요?

친구 선물 사려고요.
이런지 여자가 좋아하겠죠?

아, 이따가 한국사람들이랑
술마실건데, 갈래요?

으― 또 노갱아냐?

모르죠 흥흥

갈래…

*아직 숙취 있음

한참을 걸어 루프탑바로 갔다.

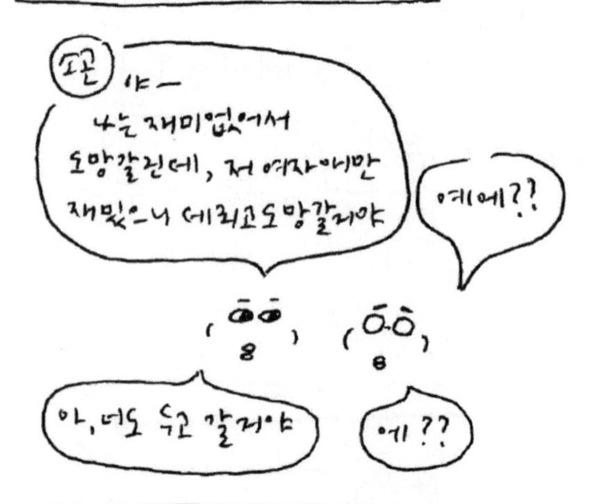

정말로 송송이는 두고 근처에 있던 h와 여학생, 셋이서 놀았다.

...

그 후로 송송이와 h와도 두어 번 만나 술을 마셨다.

고양이들이 있는 카페에서…

내가 머물던 공간의 뜰에서도…

나는 술에 취하면 사람들에게 무언갈 자꾸 주는데, h에게는 후리스를 줬고, 송송이에겐 뭘 줬는지 기억이 안 난다.

송송이는 놀랍게도
우리집 근처 대학생이다.

나오시오

누나 저 과제하고 있어요..

무슨 대학생이
새벽 2시까지 과제를 함??

담에 불러주세요 ㅠㅠ

...

후에 실제로 동네술집에 나왔는데,

너네 학교 학생 중에
우리가 불러서 술 사주던 친구가
있었는데, 걔가 군대갔엉.
그래서 이제 그게 너임!
(9.15.9. 나오라하면 나와)

아, 그리고... 책에 송송이라 쓰면 되나?

※그리고 내가 뭘 했었는지 기억나면 말좀...

인종차별

새벽 4시 한 술집에 M언니와 함께 갔다.

Hi

곧 우리 테이블로 몇몇이 인사를 하러 왔다.

나 어디서 왔는지 맞춰봐.

호주?

어떻게 알았어?

호주 악센트 쓰니까…

나는 그 중에서도 한 호주인과 대화하게 되었는데…

우리나라 어떤 동네에 한국인 여자가 진짜 많아. 내 친구도 한국인 여자랑 결혼한 애도 있고…

오 그래?

그는 끊임없이 자신이 들은
'한국인 여자'에 대해 이야기했다.

근데 걔가 용돈받아쓰고 나가 놀지도 못하고
꽉 잡혀 산다니까, 진짜.

한국인 여자들은 나도 만나봤는데…

어쩌구 저쩌구

있지, 내가 스무 살 때
전세계 학생들이 모이는
컨퍼런스에 간 적이 있어.

근데 거기 호주 남자애들이
동남아 애들만 골라서 무시하고
인종차별을 하더라?

근데?

그렇다고 해서
난 네가 인종차별을 할 거라고
생각하지는 않아.

그리고 잠시 후 그는 자리를 떠났다.

vanessahkim
chiang mai

이 고양이의 이름은 '진'으로, 지난 겨울 이곳에서
내가 닭고기를 나누어 준 친구다. 후로 내 앞에
매일 나타났는데, 왜 째선지 모두가 '진'이
나를 만나러 왔다고 했다.

'어제는 고양이가 많은 카페에서 산 츄르를
진에게 주었다. 진은 받아먹고 바로 떠났다.

그리고 오늘... 아무도 없는 게·하에서 잠들려
할 때, 어디선가 '야옹 야옹' 소리가 났다.
커튼을 올려보니 진이 있었다.

아니, 고양이가 어떻게 3층까지, 나한테
왔는지 영문은 알 수 없지만,
반쯤 베개를 베고 자기로 한다.

다시 만난 비키

어렵게 비키를 만났다.
한 번 약속을 미뤘고(그녀가)
한 시간 반을 늦었다.

만나서도 내내 오면을 들여다 보고
여기 저기 통화를 했다.

외국인 친구를 바쁜 와중에
보러와 준 건 고마웠지만,
기분이 썩 내키진 않았다.
괜히 시간을 뺏는 것 같고.

피곤해서 얼른 들어가야겠다고
너도 쉬라 하고,
나래 언니와 술을 마셨다.

언어 교환 모임

나래

언어교환모임 갈래요?

그게 뭐예요?

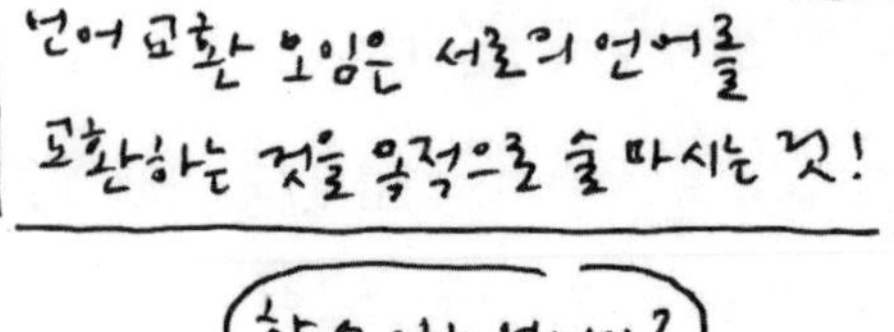

한국어! 영어! 터키어!

나는 이렇게 세 종의 스티커를 받았다.

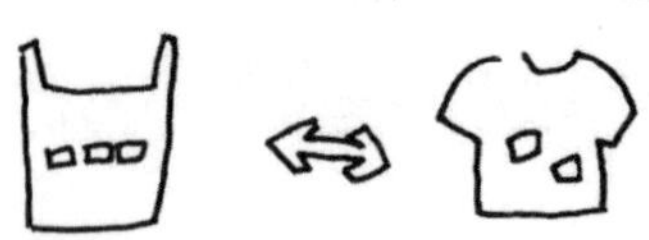

요렇게 붙이고, 궁금한 다른 언어 스티커 사람과 이야기!

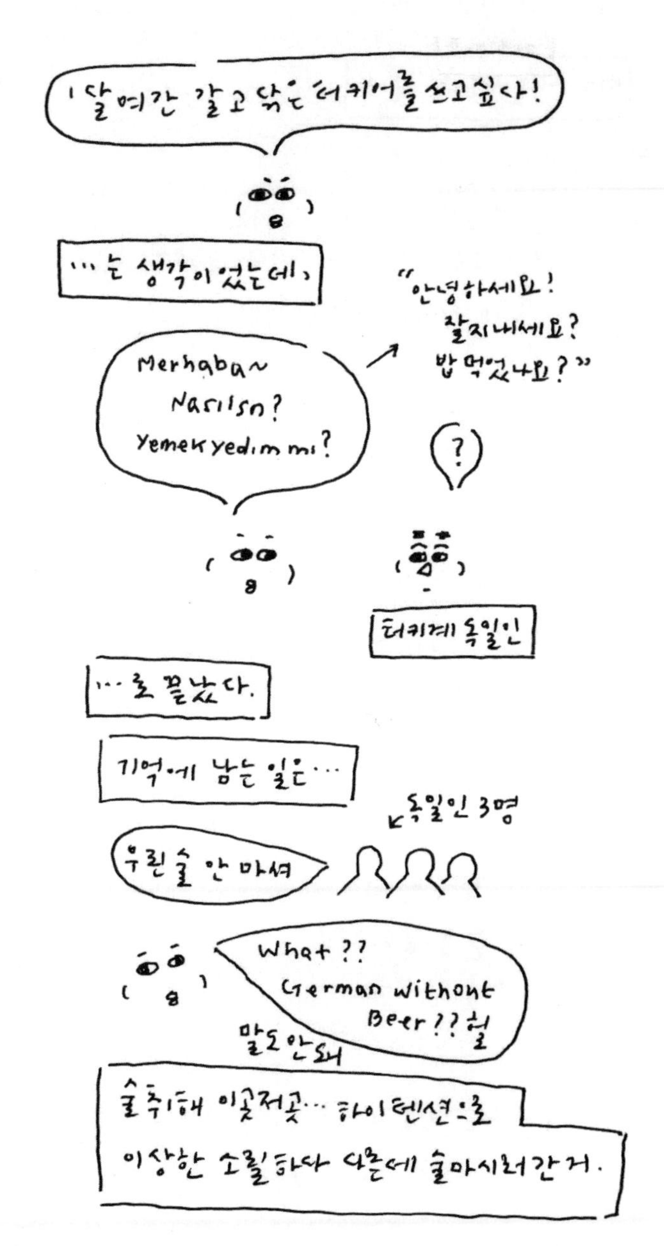

1달여간 갈고 닦은 터키어를 쓰고 싶다!
…는 생각이 있었는데,
Merhaba~
Nasılsn?
Yemek yedim mi?
"안녕하세요!
잘지내세요?
밥 먹었나요?"
?
터키계 독일인
…로 끝났다.
기억에 남는 일은…
독일인 3명
우린 술 안 마셔
What??
German without
Beer?? 헐
말도 안돼
술 취해 이곳저곳… 하이텐션으로
이상한 소릴 하다 다른데 술마시러 간 거.

너는 나를 보는 것 같아 - 나래와의 대화

- 넌 정말 멋있다.
컨텐츠도 만들고 어디서나 일할 수도 있고
스스로 다 하는 거잖아

- 아니에요, 언니.
나도 아직 뭘 해야 하는지,
잘 모르겠어요.

- 난 아직도 찾고 있어.
그냥 해보는 거지.
그게 내가 치앙마이에 있는
이유야.

- 나 정말 모르겠어

- 너 정말 멋져.
너를 못 믿겠으면
나를 믿어봐

- 너는 예전의 나를 보는 것 같아서…
그래서, 안타까워

변해야 해

스페인 친구에게 내가 지난해
여기 왔다가 다시 온 거란 이야길 했다.

그런데, 게스트하우스
주인도 바뀌고, 가게들도 많이 사라졌어.
다들 바쁘다고 볼 수도 없어

바네사,
여기 어항 보이지? 저긴 강이 있고.
너는 여기 어항에 있고 싶어,
강에 있고 싶어? 물고기라면 말야.

모든 건 계속 변하는 거야. 또 변할 거야.
작년의 너와 지금의 너는 같아?
같길 기대하면 안 돼.

그 말 되게 멋있다.

So cool...

술이나 마시자.
오늘 바이 다.

오토바이 뒷좌석에서 보는
치앙마이의 밤 풍경,

여름 밤의 냄새.

이번에는 10일 정도 머물렀다.

주로 넷플릭스를 보고 술을 마시고
종종 작업을 했다. 무얼 찾아가고
볼 마음이 이전보다도 없었다.
하지만 마음은 편했다.
이번에도 사랑스러운 사람들을
많이도 만났으니까.

마지막 날에는 나래 언니 집에서
술을 마시려고 안주를 왕창 샀는데,
길고양이를 보느라 모두 두고 왔다.
그래도 하하 웃고 넘겼다.

언니가 직접 만들었다는 옷을 구경
했고, 서로의 비밀을 나누었다.

우리 언제 어디서 다시 만날 수
있을지 몰라도, 이런 밤이... 아침이
왔네? 짐을 가지고 비행기를 타러 갔다.

Nael는 바빠서 출국날에야
만날수 있었다.

Kim! 오랜만에
보니까 너무 좋다.

아쉽네요
이제봐서

비행기 시간이 빠듯해서
데려다만 주고, 선물을 하나 줬다.

↙ 초록색 점프수트

킴이 입으면 귀여울 것 같아.
서울서 입고 사진 보내줘!
나도 서울 가게 되면 말할게!

Bye,
Bye.

또 올게

EPILOGUE

#0. 여러분은 치앙마이스타일

#1. 늦은 이유

너 원고 어디까지 돼 가?
어…. 그대로네… 미루면 안… 되겠지?
재은
왜? 뭐가 문제야?
그때 나는 되게 행복했는데…
불행한 내가 그걸 그리는게 너무 힘들어
그래도, 천천히 조금씩 해보자. 항상 그랬던 것처럼.

#2. YOLO

↙인터넷 댓글

↳ 솔직히 욜로욜로 쟁 하면서
여행가서 돈 다쓰고 이러다
나중에 존나 후회함

흠…

여름·가을 내내 벌어서
겨울에 다 써온 나는…

하지만 나에게도 할 말이 있지!

← 나름 경영학과…
를 입학하긴 함.

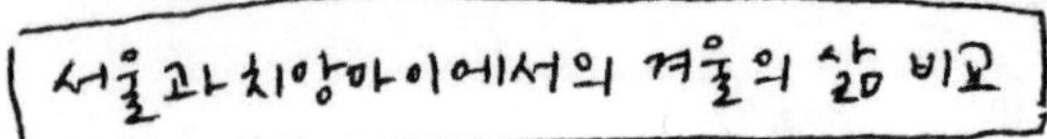

※ 프리랜서인 나 기준

① 서울에서는 추우니까 집에서만 일하고
치앙마이에선 항상 어딜 나가 일함.

② 서울에선 (추우니까) 배달음식만 먹다
보면 말도 안되는 카드 청구금을 받지만,
치앙마이는 맛있는 것도 저렴함.

③ 서울에선 아무도 안보는데, 치앙마이에선
매일 사람들 만남.

#3. 옷 뭐 입지?

나름 바지

치앙마이 · 오키나와서 삼

나 옷 이런거 입고 다니면 너무 튀나?

이정돈 입어야 안 어울렌데

친동생

예쁜데? 입고 싶은 거 입고 다니는 거지. 뭐 중요한 미팅 나감?

흠…

치앙마이랑 오키나와에선 맨날 그냥 이런거 입고 다녔는데 여기선 사람들이 쳐다보구… 내 친구들은 이런거 안 입는 뎅

이상하다 생각하지 않을까?

난 그런거 신경 안 쓰는데?
덥고, 입고 싶고, 잘어울리잖아.
뭐가 문제지?

그리하여...

요즘엔 이러고 다닙니다.

이러고 다니면
안 더워용 ㅎㅎ

진짜 잘 어울리네요!
난 못 입겠지만...

또, 기분이 조크든요

#4. 펜으로 그린 이유

언니, 나 너무
재밌었어서
이 얘길 전하고 싶은데,
글로는 안 될거 같아

그럼
그림으로 그려

나 그림 못 그리는 뎅!?

자~아이패드.
일단 시작해

흠....

그렇게 1년 넘게
아이패드를 '쳐다만' 보고 있었습니다.

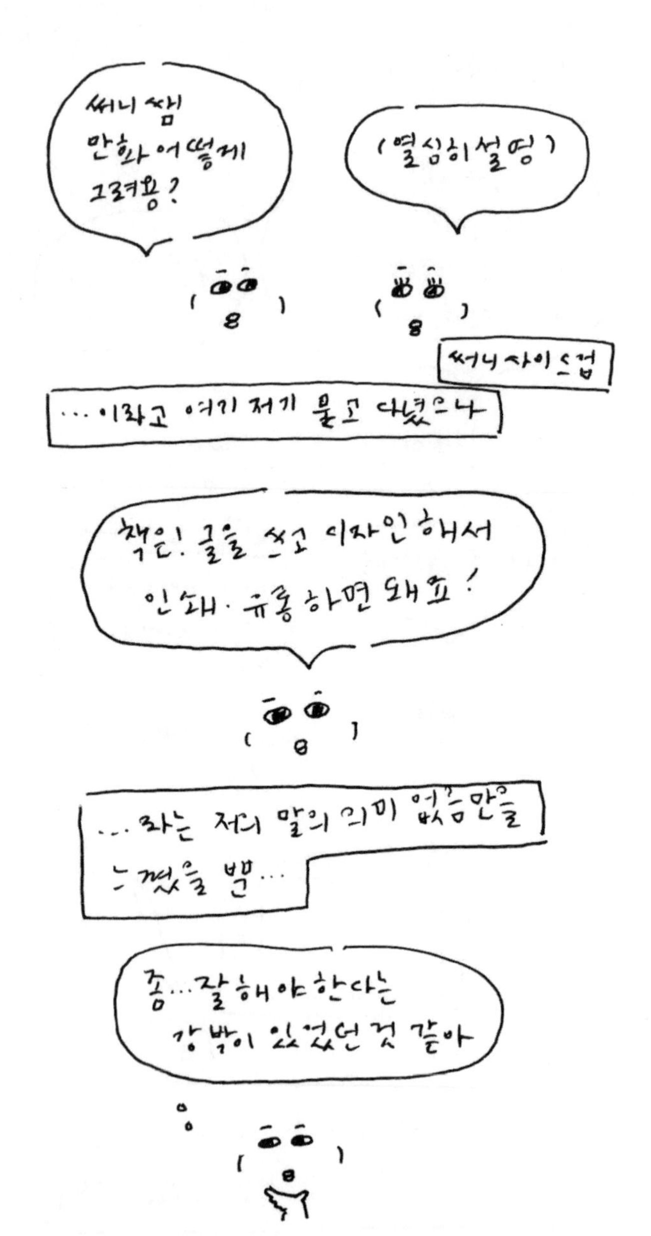

써니 쌤 만화 어떻게 그려용?
(열심히 설명)
써니 사이드업
…이라고 여기 저기 묻고 다녔으나
책은! 글을 쓰고 디자인해서 인쇄·유통하면 돼요!
…라는 저의 말의 의미 없음만을 느꼈을 뿐…
좀…잘해야 한다는 강박이 있었던 것 같아

…하는 생각으로
있던 펜으로 있던 노트에 이것저것 그렸습니다

<여름밤, 비 냄새>도
<오롯이 혼자>도

<폐쇄병동으로의 휴가>도 책이 될 줄 몰랐으니…

보여줘야 한다! 는 강박이 있었던 것 같아요

그래서 이까지 온 당신이…

님, 그림 왜케 구려욧! 이런걸 만화라고?

…라고 한대도 할 말이 없습니다 ㅎㅎ ㅠㅠ

2/3

감사합니다!
코쿤카!

언젠가 당신도 내가느낀 것을
느낄수 있길 바라며,
월곡동의 여름에서,
혜경.

글쓴이 소개

vanessa kim

김현경.

내장형 나침반을 가지고 있어
모르는 길도 잘 다니지만,
시계가 내장되지 않아
철저하게 계획적이지 못하다.

warm gray and blue에서
책을 발행하며, 디자인을 하고
때때로 글을 쓴다.

<아무것도 할 수 있는> (2016) 김현경 엮음
<취하지 않고서야> (2018) 현경, 재은, 하련
<페소아행동으로의 휴가>, <여름방, 비냄새>
<오롯이, 혼자> 등을 썼다.

Special thanks to,

이 책을 끝까지 만들 수 있게 붙잡아준 재은,
그려보라며 아이패드를 내어준 하련 언니,
"할 수 있어" 하는 긍정의 마이크.

Nae & Bikky from Chiang mai,
Michelle from Guangzhou,
Leo Ribeiro from Brazil,
Narea from South Korea.

믿고 기다려 주신 텀블벅 후원자 분들,

그리고 고민만 많던 나에게
아낌 없이 조언해준 혜정 언니.

코쿤카

khob-khun-kha

지은이 김현경 @vanessahkim

발행인 송재은
발행처 warmgray and blue
이메일 warmgrayandblue@gmail.com
인스타그램 @warmgrayandblue

기획·편집·디자인 김현경

초판 1쇄 발행 2020년 7월 1일

출판등록 2017년 9월 25일 제 2017-000036호

ISBN 979-11-962358-6-4 (03810)